www.united-pc.eu

PETER RAUPACH

MORD AM DIANATEMPEL

Es ist Mittag! Zeit eine Pause zu machen. Ich verlasse mein Arbeitszimmer und gehe die Haupttreppe im Polizeipräsidium München hinunter Richtung Haupteingang. Dort begegnet mir mein Chef, Kriminaldirektor Hamann.

„Hallo Herr Wille! Grüß Gott! Auf dem Weg zu Ihrem Lieblingsplatz?"

„Ja, bei diesem wundervollen Frühlingswetter muss ich einfach mal raus aus dem Büro an die frische Luft."

„Das kann ich gut verstehen. Wenn Sie dann wieder zurück sind, kommen Sie doch bitte zu mir. Ich möchte eine Personalangelegenheit mit Ihnen besprechen."

„Jawohl, ich melde mich bei Ihnen."

Ich verlasse das Polizeipräsidium und gehe in Richtung Hofgarten. Am Odeonsplatz muss ich durch die vielen Leute Slalom laufen, welche die Sonne ins Freie gelockt hat. Ich betrete den Hofgarten durch das Hofgartentor und sehe schon aus der Ferne, dass alle Bänke rund um die Brunnen im Garten besetzt sind. Doch hinter dem Dianatempel erspähe ich eine Bank, auf der nur ein Herr sitzt. Neben ihm ist frei und ich lasse mich schnell dort nieder.

„Grüß Gott!"

Ich erhalte keine Antwort! Entweder ein Schwerhöriger oder ein Stoffel! Ich wiederhole:

„Grüß Gott!"

Wieder keine Reaktion! Ich betrachte den Herrn etwas genauer. Er sitzt leicht vornübergebeugt, in einen Wintermantel gehüllt und mit einem Hut weit ins Gesicht gezogen auf der Bank und dies bei der heute so erfreulichen Frühlingstemperatur. Noch ein Versuch:

„Grüß Gott!"

Wieder keine Antwort!
Ich beuge mich näher zu ihm hin und blicke in die starren Augen eines Toten.
Ein Toter! Und das mir in der Mittagspause! Hier im Hofgarten!
Total frustriert wähle ich die Handy-Nummer meines Kollegen Max Pfleger.

„Hi Max! Du wirst es nicht glauben! Ich sitze im Hofgarten auf einer Bank in der Frühlingssonne und neben mir sitzt ein Toter."

„Du machst Dir einen Spaß mit mir!"

„Nein! Es ist leider die Wahrheit und ich muss Dich bitten, mit der gesamten Mannschaft anzurücken. Im Moment weiß ich nicht, ob hier ein natürlicher Tod vorliegt oder eine Gewalteinwirkung. Aber Du kennst ja die Vorgehensweise bei einem plötzlichen Todesfall. Also sei so nett und wirf die Maschinerie an."

„Wie Du willst! Ich starte! Wir sehen uns in Kürze."

Es dauert etwa zehn Minuten, da höre ich die Sirenen der Einsatzfahrzeuge. Hinter dem Wagen meines Kollegen folgen die Fahrzeuge der Spurensicherung und der Gerichtsmedizin. Den Schluss der Kolonne bildet ein schwarzer Leichenwagen.

Die Mitarbeiter der Spurensicherung sperren das Gelände rings um meine Bank weiträumig ab und bitten alle Personen, die auf den innerhalb des Sperrringes stehenden Bänken saßen, das Gebiet zu verlassen. Zwei uniformierte Kollegen nehmen deren Personalien auf, und die Spurensucher in ihren weißen Schutzanzügen beginnen das Gelände Zentimeter für Zentimeter zu untersuchen.
Mein Kollege Max kommt mit dem mir bekannten Gerichtsmediziner Doktor Wolf auf mich zu.

„Das ist ja eine schöne Bescherung in der Mittagspause. Anstatt die Frühlingsluft zu genießen, sammelst Du Leichen."

Das lose Mundwerk ist das Markenzeichen meines Kollegen.

Doktor Wolf beugt sich über den Toten, nimmt ihm vorsichtig den Hut ab und fühlt mit den Fingern nach einem Puls. Nichts!

„Da ist nichts mehr zu machen. Ich nehme ihn mit in die Gerichtsmedizin und überprüfe, ob es ein natürlicher Tod war. Der jüngste war dieser Herr sicher nicht mehr."

„Können Sie sein Alter schätzen und die Zeit wie lange er bereits tot ist?"

„Er könnte so um die Siebzig sein und der Tod dürfte vor etwa sechs Stunden eingetreten sein. Genaueres...!"

„Nach der Obduktion! Ich weiß!"

Ich bitte Max, mich ins Präsidium mitzunehmen.

„Der Chef will mich in einer Personalangelegenheit sprechen. Hast Du etwas angestellt?"

„Nicht dass ich wüsste!"

„Ich hasse das, zum Chef gerufen zu werden, ohne genau zu wissen, um was es geht!"

„Na, dann greif Dir mal an die eigene Nase. Du rufst mich auch oft, ohne dabei den Grund zu erwähnen."

„Bei Dir geht es doch immer nur um die tägliche Arbeit. Beim Chef weiß aber man nie, was ihm wieder eingefallen ist."

Max setzt mich vor dem Eingangstor zum Präsidium ab. Ich gehe auf das altmodische, grün gestrichene Gebäude zu. Durch die Eingangstüre betrete ich die Halle und benutze den Paternoster, um in das oberste Stockwerk zum Büro meines Chefs zu fahren. Seine Sekretärin begrüßt mich:

„Hallo Herr Wille, der Chef wartet schon auf Sie. Er weiß von Ihrem Leichenfund in der Mittagspause. Gehen Sie ruhig hinein."

Ich öffne die Türe zum Chefbüro:

„Grüß Gott Herr Kriminaldirektor, hier bin ich!"

„Oh weh, Herr Wille, Ihre Mittagspause ist aber gewaltig verdorben worden. Ein Toter in der Frühlingssonne, das ist sicher nicht angenehm!"

„Nein, das ist es nicht! Und wir wissen im Moment auch noch überhaupt nichts; nicht, ob es sich um einen natürlichen Tod handelt oder um ein Verbrechen. Wir wissen auch noch nicht, wer der Tote ist. All das muss ich in den nächsten Stunden klären. Aber, Sie sagten, dass Sie mich in einer Personalangelegenheit sprechen wollen."

„Das ist richtig! Ich habe beobachtet, dass Ihre Abteilung, die Mordkommission, in den letzten Jahren immer mehr zu tun hat. Das ist hauptsächlich durch die immer umfangreicheren technischen Methoden, die bei der Aufklärung von Gewalttaten benutzt werden, zu erklären. Vielleicht auch durch die erfreulich verbesserte Aufklärungsrate.
Wir haben zwar Personal aufgestockt, die Organisation hat sich aber in den letzten Jahren den neuen Gegebenheiten in keiner Weise angepasst. In Zusammenarbeit mit Ihnen möchte ich das angehen, die Struktur der Mordkommission zu verändern. Wenn Sie einverstanden sind, erläutere ich Ihnen kurz meine Ideen hierzu. Sie können dann in den nächsten Tagen darüber nachdenken. Sie werden bestimmt eigene Vorschläge haben."

„Damit bin ich selbstverständlich einverstanden. Ich habe schon länger darüber nachgedacht, Neuerungen zu übernehmen, die Kollegen in anderen Städten eingeführt haben. Ein Beispiel ist der Kriminaldauerdienst, den wir nicht haben."

„Toll, das ist auch eines meiner Themen. Vierundzwanzig Stunden am Tag bereit zu sein, auf Straftaten sofort reagieren zu können. Aber auch bei der Nutzung der neuen technischen Untersuchungsmethoden, wie zum Beispiel der verfeinerten DNA-Analyse, die Zusammenarbeit mit der Kriminaltechnik zu straffen, wäre sicher sinnvoll. Mir schwebt so etwas wie die Teilung Ihrer Abteilung in Dauerdienst, interne Bearbeitung und Technik vor."

„Wo glauben Sie die erforderlichen Mitarbeiter auftreiben zu können?"

„Nun, da habe ich ein paar Ideen. Ihr Kollege Max Pfleger scheint mir sehr geeignet zu sein, den Dauerdienst zu leiten. Daneben habe ich schon seit einiger Zeit eine Bewerbung auf dem Schreibtisch liegen und zwar von einem Bekannten von Ihnen. Sie erinnern sich sicher an den jungen Polizeihauptkommissar Weinrauch, den Leiter der Polizeidienststelle Starnberg. Sie haben ihn damals, als Sie das Attentat auf den Strommast in Obergrub und den Einbruch in das Andersen-Museum bearbeitet haben, in Ihrem Schlussbericht sehr positiv erwähnt."

„Das ist richtig! Nur sollten wir erst den Fall des Toten vom Hofgarten aufklären. Dabei würde ich gerne in der alten Besetzung arbeiten. Gleichzeitig könnten wir einen Plan für die Neugestaltung erarbeiten."

„Könnten Sie sich vorstellen, dass Sie den Kollegen Weinrauch für die Aufklärungsarbeit in Ihr Team eingliedern? Ich würde ihn auf diese Weise gerne ein wenig intensiver auf seine Eignung hin beobachten. Sie doch sicher auch!"

„Das ist überhaupt kein Problem! Jedes Paar Augen zusätzlich kann die Aufklärung nur beschleunigen."

„Gut. Dann werde ich alles Erforderliche einleiten. Ich hoffe, dass die Leitung der uniformierten Polizei schnell einen Nachfolger für Herrn Weinrauch für die Leitung der Dienststelle in Starnberg findet. Sobald er frei ist, sende ich ihn zu Ihnen. Bitte denken Sie in der Zwischenzeit über die Neuorganisation der Mordkommission nach. Natürlich nur, insoweit Sie dafür Zeit finden. Die Aufklärung des Todesfalls am Dianatempel im Hofgarten hat absoluten Vorrang."

Ich verabschiede mich und gehe zwei Stockwerke tiefer zu meinem Büro. Auf meinem Schreibtisch liegt eine Nachricht, mit der Bitte, Herrn Doktor Wolf anzurufen.

„Wille hier! Ich sollte Sie anrufen."

„Das ist gut, dass Sie sich so schnell melden. Ich habe den Toten vom Hofgarten auf meinem Seziertisch und die erste rein äußerliche Übersicht hat ergeben, dass er mit einer hohen Wahrscheinlichkeit ermordet worden ist. Er hat auf der linken Halsseite von vorne gesehen einen deutlichen Einstich. Es sieht so aus, als ob dort eine Injektion gesetzt wurde. Weiteres kann ich erst sagen, wenn mir die Ergebnisse der Untersuchung seines Blutes vorliegen."

„Vielen Dank Herr Doktor! Damit kann ich mir die offizielle Beauftragung durch die Staatsanwaltschaft besorgen. Sie sagten, der Einstich ist auf der linken Halsseite. Das bedeutet, dass der Mörder entweder ein Linkshänder ist oder als Rechtshänder hinter dem Getöteten stand."

„Das ist richtig! Viel hilft das Ihnen aber noch nicht! Ich melde mich, sobald ich das Ergebnis der Blutuntersuchung vorliegen habe. Ich habe gebeten, dass diese mit Vorrang bearbeitet wird."

„Vielen Dank! Auf Wiederhören!"

Es klopft an der Tür.

„Herein!"

Mein Kollege Max kommt herein und sprudelt sofort los:

„Wir wisse, wer Dein Toter ist. Sein Name ist Franz-Josef Fritsch und er ist der Seniorchef des Bankhauses Fritsch und Söhne am Promenadeplatz."

„Wie seid ihr so schnell zu dieser Information gekommen?"

„Ein Mitarbeiter der Spurensicherung hat ihn erkannt, als er von der Besatzung des Leichenwagens abgeholt wurde."

„Habt ihr die Familie schon informiert?"

„Nein, ich habe im Bankhaus angerufen und erfahren, dass sich die beiden Söhne des Getöteten zurzeit mit ihren Frauen im Wohnhaus der Familie am Starnberger See aufhalten."

„Dann setzen wir uns ins Auto und fahren zur Familie. Habt Ihr die Adresse?"

„Ja! Die wohnen in Allmannshausen direkt am See!"

Die Fahrbereitschaft gibt uns einen Wagen, der nicht als Polizeifahrzeug erkennbar ist. Wir fahren quer durch die Stadt zur Autobahn Richtung Garmisch-Partenkirchen. Am Starnberger Kreuz biegen wir Richtung Starnberg ab. Bevor wir Starnberg erreichen, nehmen wir die Ausfahrt nach Berg. An diesem geschichtsträchtigen Ort, dem Sterbeort des noch heute verehrten Königs Ludwig II, vorbei, erreichen wir nach etwa zehn Minuten Allmannshausen. Unser GPS-Gerät führt uns in eine verkehrsberuhigte schmale Straße. Vorbei an älteren kleinen Häuschen und einigen supermodernen Neubauten erreichen wir einen Wald mit altem Buchenbestand. Dort führt die Straße in Serpentinen steil bergab zum Ufer des Sees. Rechterhand beginnt schon das Grundstück der Familie Fritsch.

Das Eingangstor steht offen und wir biegen in die Einfahrt ein. Die Zufahrt wurde in den Hang an der Waldgrenze entlang gebaut und endet nach etwa zweihundert Metern vor einem größeren mehrstöckigen Gebäude. Die Bauweise ähnelt stark den Häusern, die am Ende des zwanzigsten Jahrhunderts als Sommerfrischen für Touristen erbaut wurden.

Wir halten vor diesem Haus und im gleichen Moment tritt eine Frau aus der Haustüre. Ich schätze ihr Alter auf circa fünfzig Jahre. Sie trägt einen schwarzen Rock und eine weiße Bluse.

Max und ich steigen aus dem Wagen.

„Grüß Gott! Kann ich etwas für Sie tun?"

Wir präsentieren unsere Polizeiausweise.

„Mein Name ist Kriminalhauptkommissar Wille und dies ist mein Kollege Kriminalhauptkommissar Pfleger. Wir müssen dringend die Familie Fritsch sprechen."

„Ich bin die Haushälterin und mein Name ist Gerda Meier. Die Herrschaften sind unten am Bootshaus. Bitte kommen Sie mit, ich führe sie hinunter."

Frau Meier spricht Deutsch mit einem deutlich hörbaren Schweizer Akzent.
Über eine Steintreppe und dann quer über eine Wiese gehen wir zu einer Gartentüre, überqueren die schmale Straße, die das Hauptgrundstück vom Seeufer trennt und betreten dann den Kiesstreifen direkt am See. Dort bleibt Frau Meier stehen.

„Bitte warten Sie hier, ich möchte Sie erst bei den Herrschaften ankündigen."

Max und ich bleiben an der Ecke des Bootshauses stehen. Es handelt sich dabei um ein Holzhäuschen in der Größe einer Doppelgarage.

„Die Herrschaften lassen bitten."

Wir gehen um die Ecke des Bootshauses. Davor ist eine Terrasse in den See hinaus gebaut. Dort halten sich mehrere Personen auf. Eine alte, weißhaarige, sehr zerbrechlich wirkende Dame sitzt unter einem Sonnenschirm in einem Krankenfahrstuhl, daneben sitzt ein etwa sechzigjähriger, grauhaariger Herr auf einer Bank, die an die Längsseite des Bootshauses angebaut ist. Der Herr trägt eine Badehose, die einer Boxershort ähnelt. Neben ihm steht eine scheinbar gleichaltrige Dame in einem einteiligen Badeanzug.

Die zwei weiteren anwesenden Personen kontrastieren dazu sehr stark. Beide liegen auf Luftmatratzen in einigen Metern Abstand. Der Mann, ich schätze ihn auf fünfundvierzig, hat offensichtlich schwarz gefärbte Haare und trägt einen Minitanga. Seine Begleiterin ist um viele Jahre jünger und ihr Bikini ist genauso knapp, wie der Tanga des Partners.

Max und ich stellen uns vor.

Der ältere der beiden Männer:

„Kriminalpolizei! Was ist so wichtig, dass Sie uns hier in Allmannshausen aufsuchen?"

„Leider habe ich keine gute Nachricht! Ihr Vater wurde heute im Hofgarten in München auf einer Bank tot aufgefunden."

„Tot! Franz-Josef!"

Das ruft die alte Dame im Rollstuhl.

„Mein Franzl, das kann nicht sein. Jeden Tag ist er mittags in den Hofgarten gegangen. Immer, wenn es das Wetter erlaubt hat. Er war doch gesund!"

„Nach den bisherigen Erkenntnissen müssen wir von einem Gewaltverbrechen ausgehen."

„Mord und Totschlag im Hofgarten? Das gibt es doch nicht!"

Der Einwurf kam von dem jüngeren der beiden Herren.

„Leider gibt es das und wir sind gezwungen, Sie mit Fragen zu belästigen, um den oder die Täter so schnell wie möglich zu finden. Wenn Sie einverstanden sind, möchten wir einzeln mit Ihnen sprechen."

Der ältere antwortet:

„Selbstverständlich stehen wir Ihnen zur Verfügung. Ich würde es aber lieber sehen, wenn wir uns dazu umziehen und die Gespräche oben im Haus führen. Paul hilf mir bitte, Mutter hinaufzufahren."

Der jüngere, Paul, erhebt sich, wobei seine athletische Figur sichtbar wird. Er ergreift die Griffe des Rollwagens und beginnt ihn in Richtung der Türe zur Straße zu schieben. Alle anderen, Max und mich eingeschlossen, folgen. So zieht die kleine Prozession über die Straße und die Wiese zur Treppe. Dort greift der ältere mit zu und gemeinsam tragen die beiden Männer Frau Fritsch Senior in ihrem Rollstuhl sitzend hinauf zur Eingangstür.

Wir treten in das Haus. Die Familie geht auf die Treppe zu, die in die oberen Stockwerke führt. Max und ich werden auf Anweisung des älteren von der Haushälterin in einen großen Raum direkt neben dem Hauseingang geführt. Es handelt sich um ein Esszimmer. Die Einrichtung stammt aus der Gründerzeit; am auffälligsten ist ein Esstisch, der durch seine Größe den Raum dominiert. Mindestens zwölf Personen haben an ihm Platz.

Frau Meier fragt uns, ob sie uns einen Kaffee servieren soll. Wir bejahen! Sie lässt uns allein.

„Welchen Eindruck hast Du von dieser Familie, Max?"

„Erst einmal, sie waren offensichtlich von der Todesnachricht überrascht. Die alte Dame und der ältere Sohn, der übrigens Wilhelm genannt wird, haben eine musterhafte Haltung gezeigt; so, wie es in ihren Kreisen erwartet wird. Der jüngere, Paul, scheint das Leben sehr viel leichter zu nehmen."

Max hat gerade ausgesprochen, da erscheint die Haushälterin mit einem Tablett mit einer großen und einer kleinen Silberkanne und Tassen darauf in den Händen, das sie auf dem Esstisch abstellt. Sie gießt uns jeweils eine Tasse Kaffee ein und verlässt den Raum wieder. Wir trinken einen Schluck, als sich die Türe erneut öffnet. Herr Wilhelm Fritsch schiebt seine Mutter in ihrem Rollstuhl herein, gefolgt von seiner Frau. Alle drei sind korrekt in Kleidern und Anzug gekleidet.

„Ich hoffe, wir haben Sie nicht zu lange warten lassen. Bitte berichten Sie uns, was geschehen ist, bevor Sie Ihre Fragen stellen."

„Viel ist das noch nicht! Ihr Herr Vater wurde heute gegen Mittag auf einer Bank in der Nähe des Dianatempels im Hofgarten gefunden. Er war nach der ersten Auskunft unseres Gerichtsmediziners bereits seit circa sechs Stunden tot. Bei einer ersten äußerlichen Untersuchung fiel dem Arzt eine Einstichstelle an der linken Halsseite Ihres Vaters von vorne gesehen auf, die von einer Injektionsnadel herrühren könnte. Insoweit können wir eine Fremdeinwirkung nicht ausschließen."

Frau Fritsch murmelt leise vor sich hin:

„Ein Mord! Das kann nicht sein! Mein Franz-Josef hat doch niemandem etwas getan!"

„Es ist noch nicht sicher, dass es sich um ein Gewaltverbrechen handelt. Wir müssen erst das Ergebnis der laufenden Blutuntersuchung abwarten."

In die jetzt eintretende Stille ist vom Gang draußen eine laute Frauenstimme zu hören:

„Ich habe es Dir gesagt, dass Du die Finger davon lassen sollst!"

Die Antwort darauf ist nicht zu hören, denn sie wird ruhig und leise gesprochen. Die Zimmertüre öffnet sich und der jüngere Bruder Paul tritt ein, gefolgt von seiner Frau.

Welch ein Unterschied! Was die alte Dame und der ältere Sohn meiner Meinung nach zu korrekt gekleidet sind, kommen die jüngeren zu auffällig daher. Beide tragen Hawaiihemden über Bermudashorts.

„Ah, Sie haben schon angefangen!"

„Herr Wille hat auf meine Bitte hin nur geschildert, was heute geschehen ist. Das meiste ist Dir bekannt! Das Wichtigste ist, dass ein Mord im Moment nicht ausgeschlossen werden kann. Würden Sie bitte mit Ihrer Befragung beginnen; wie wollen Sie vorgehen?"

„Wie ich vorhin schon sagte, möchte ich Sie einzeln befragen. Dabei möchte ich das Gespräch mit Frau Fritsch Senior im Augenblick zurückstellen. Ich glaube, dass dies eine zu große Belastung für sie wäre. Herr Fritsch würden Sie bitte mit mir einen Rundgang durch Ihren Garten machen. Auf diese Weise können wir das Schöne mit dem Nützlichen verbinden und uns unterhalten und meine leider sehr lückenhaften Informationen auffüllen."

Wilhelm Fritsch und ich verlassen das Esszimmer und gehen hinaus in den Garten.

„Ihr Vater war der Seniorchef Ihres Bankhauses?"

„Er hat unsere Bank vor rund vierzig Jahren gegründet. Zu der Zeit war er noch Angestellter einer deutschen Großbank; Leiter der Münchner Filiale.

Bei dieser Tätigkeit hat er sich regelmäßig darüber geärgert, dass von seinen Vorgesetzten in Frankfurt bei der Vergabe von Krediten Großkunden gegenüber Kleinkunden bevorzugt wurden. Auch wenn die Bonität einwandfrei war! Dies war dann die Geschäftsidee für die Gründung eines eigenen Kreditinstitutes: auf beiden Seiten der Bilanz, sowohl als Geldanleger wie auch als Kreditnehmer, sollten kleine bis mittelgroße Kunden den Vorzug haben.

Bis vor einiger Zeit sind wir mit dieser Maxime recht gut gefahren. Unser Haus gehört nicht zu den Großverdienern der Branche. Aber durch die Streuung des Risikos auf viele kleine Kunden gelten wir als grundsolide."

„Sie sagten, dass Sie damit bis vor einiger Zeit gut gefahren sind. Was hat sich geändert?"

„Wir haben zu dritt jede Geldannahme und jeden Kreditantrag gemeinsam diskutiert und entschieden. Vor einigen Monaten nun hat sich mein Bruder Paul immer stärker dafür eingesetzt, auch größere Geldbeträge aufzunehmen und damit auch größere Ausleihungen zu tätigen. Und das für Kunden hauptsächlich aus dem Osteuropäischen Raum. Das löste heftige Diskussionen im familiären Führungsgremium aus. Mein Vater musste mehrfach sein Veto einlegen, um diesen potenziellen Kundenkreis von unserer Bank fern zu halten.

Ganz ist ihm dies nicht gelungen, denn wir mussten bei einer internen Revision feststellen, dass mein Bruder entgegen der Entscheidung des Führungsgremiums größere Geldbeträge entgegengenommen hatte. Was uns besonders beunruhigte, war, dass ein Großteil dieser Beträge in bar einbezahlt wurde, ohne dass die von der Deutschen Bundesbank vorgeschriebene Quellenüberprüfung vorgenommen wurde. Für nächste Woche hatte mein Vater einen Termin für ein Gespräch über diese Abweichung von unseren Grundsätzen angesetzt."

„Das klingt nicht gut! Da muss ich direkt fragen: Können Sie sich vorstellen, dass der plötzliche Tod Ihres Vaters mit diesen Vorgängen in Zusammenhang steht oder dass Ihr Bruder etwas damit zu tun hat?"

„Mein Bruder ist ein Luftikus, der gerne auf großem Fuß lebt. Aber einen Anschlag auf das Leben meines Vaters möchte ich ihm nicht unterstellen."

„Wissen Sie, wo er heute Morgen, so zwischen fünf und acht Uhr gewesen ist?"

„Hier in Allmannshausen!"

„Sind Sie sich ganz sicher?"

„Ja, denn ich bin um diese Zeit beim Schwimmen gewesen und danach die ganze Zeit auf dem Grundstück."

„Gut, das lassen wir einmal so stehen. Etwas anderes: können Sie mir bitte eine Liste anfertigen lassen, mit den Namen der von Ihrem Bruder protegierten Kunden. Ich würde sie gerne mit den Namen in unseren Computern abgleichen."

„Selbstverständlich! Sie werden sie spätestens morgen Mittag auf Ihrem Schreibtisch haben."

Unser Rundgang durch den gepflegten Garten des Anwesens endet vor der mit einem eindrucksvollen Hirschgeweih gekrönten Eingangstür. Ich verabschiede mich von Wilhelm Fritsch und bitte seinen Bruder Paul, mich auf dem nächsten Rundgang zu begleiten.

„Wie war Ihr Verhältnis zu Ihrem Vater, Herr Fritsch?"

„In letzter Zeit nicht gut. Er hing an seinem veralteten Prinzip, nur kleinere Geldsummen anzunehmen und ebensolche auszuleihen. Dieses System passt nicht mehr in unsere Zeit und ich habe ihm dies auch öfter gesagt. Das hat dann heftige Diskussionen auch mit meinem genauso konservativen Bruder ausgelöst."

„Soweit ich informiert bin, haben Sie sich über diese Regel hinweggesetzt und an Ihrem Vater und Ihrem Bruder vorbei größere Beträge angenommen."

„Das ist richtig! Die Geldgeber waren Bekannte von mir, richtig reiche Leute, die mir damit ermöglichten, in größere Kredite zu investieren und auch mehr zu verdienen."

„Wenn ich richtig informiert bin, stammen diese Investoren hauptsächlich aus dem osteuropäischen Raum. Da stellt sich mir die Frage, woher Sie diese kannten?"

„Ich habe sie nach und nach auf diversen Party´s kennengelernt."

„Und jetzt hatte Ihr Vater für die nächste Woche einen Termin angesetzt, an dem er diese für ihn falsche Politik der Bank mit Ihnen und Ihrem Bruder diskutieren wollte."

„Auch das ist richtig!"

„Sie werden mich verstehen, dass ich aufgrund des plötzlichen Todes Ihres Vaters kurz vor diesem Termin misstrauisch bin. Wo waren Sie heute Morgen zwischen fünf und acht Uhr?"

„Hier in meinem Bett."

Auch dieses Gespräch endet vor dem Eingang des Wohnhauses der Familie Fritsch. Max und ich verabschieden uns von den an wesenden Mitgliedern und fahren nach München zurück.

Während der Fahrt informiere ich Max über mein Gespräch mit unserem Chef und dessen erste Ideen zur Neuorganisation unserer Abteilung. Wir freuen uns beide, dass wir grundsätzlich darin übereinstimmen, dass wir durch die angedachte Neuorganisation noch schlagkräftiger würden agieren können.

Nach Rückgabe unseres Fahrzeuges an die Fahrbereitschaft verabschieden wir uns in den Feierabend.

Am nächsten Morgen finde ich auf meinem Schreibtisch eine Nachricht, mit der Bitte, in der Gerichtsmedizin anzurufen:

„Guten Morgen, Herr Doktor Wolf!"

„Hallo, Herr Wille. Ich habe noch gestern Abend die ersten Ergebnisse der Untersuchung der Blutprobe von Herrn Fritsch erhalten. Sie sind erstaunlich! Der Verstorbene war vollgepumpt mit Schmerzmitteln. Daneben fanden unsere Laboranten eine größere Menge einer Barbituratmischung. Deren Zusammensetzung entspricht dem Inhalt des Tötungscocktails, wie er bei der Selbsttötung in der Schweiz verwendet wird. Ich werde in circa einer Stunde mit der Obduktion der Leiche beginnen und ich bin sehr gespannt, ob ich etwas finde, das zumindest den hohen Verbrauch von Schmerzmitteln erklärt."

„Ist es richtig, wenn ich davon ausgehe, dass die von Ihren Mitarbeitern gefundene Tötungsmischung auch von einer dritten Person verabreicht worden sein kann?"

„Ja, denn ich meine, der alte Herr hat sich nicht selbst in den Hals gespritzt und außerdem hätten unsere Spurensucher bei der Bank im Hofgarten die benutzte Spritze finden müssen. Nein, das war mit Sicherheit eine dritte Person."

„Also gehen wir immer noch von Mord aus!"

„Das war keine Selbsttötung!"

Wir beenden das Gespräch mit der Vereinbarung, dass Doktor Wolf mir umgehend das Ergebnis der Obduktion mitteilt.

„Darf ich Dich stören?"

Mein Kollege Max steckt den Kopf durch die Türe meines Arbeitszimmers.

„Freilich! Immer!"

„Hier ist jemand vom Bankhaus Fritsch und Söhne. Er soll Dir Unterlagen bringen; nur Dir ganz persönlich."

Hinter Max erscheint ein junger Mann. Er fällt sofort auf, denn er ist entgegen der heutigen Mode überkorrekt gekleidet in einem dunkelblauen Anzug mit dezenter Krawatte. Ein typischer Nachwuchsbanker!

„Herr Hauptkommissar Wille. Herr Wilhelm Fritsch schickt mich zu Ihnen. Ich soll Ihnen diesen Brief persönlich überbringen."

Dabei legt er einen DIN-A 5 Briefumschlag auf meinen Schreibtisch, macht kehrt und verlässt mein Büro.

„Was war denn das? Dieser Auftritt könnte aus den dreißiger Jahren stammen!"

„Ich habe mit Herrn Fritsch, dem älteren Bruder, vereinbart, dass er mir eine Liste der Leute zukommen lässt, von denen sein Bruder größere Beträge ohne Quellenprüfung angenommen hat. Lass uns mal schauen, was er uns schickt."

Ich öffne den Briefumschlag und entnehme mehrere Papierbogen. Zwei von ihnen enthalten Listen von Namen mit dem Titel: Anleger. Zwei andere sind mit: Kreditnehmer bezeichnet. Die Liste der Geldgeber enthält ausschließlich osteuropäisch klingende Namen, mit denen ich im Moment nichts anfangen kann.

„Max, würdest Du so freundlich sein und mit unseren Kollegen von der Abteilung Wirtschaftskriminalität Kontakt aufnehmen. Mich interessiert die Frage, ob gegen diese Personen auf der Liste irgendetwas vorliegt. Moment, bevor Du losrennst schauen wir noch auf die Liste der Kreditnehmer. Soweit ich sehen kann, handelt es sich dabei um Firmennamen, die uns nichts sagen. Mach Dir doch Kopien von diesen Unterlagen und zeige sie den Kollegen von der Wirtschaft."

Mein Kollege verlässt mich. Nach kurzer Zeit bringt er mir die Originale der Listen zurück.

Um die Mittagszeit erreicht mich ein Anruf von Doktor Wolf aus der Gerichtsmedizin:

„Herr Wille, meine Kollegen und ich haben die Obduktion von Herrn Fritsch weitgehend abgeschlossen. Hier das Wichtigste:
Die Ursache für die hohe Einnahme von Schmerzmitteln ist aufgeklärt. Herr Wille hatte einen Hirntumor in weit fortgeschrittenem Stadium. Er muss entsetzliche Schmerzen gehabt haben und seine Lebensuhr wäre in wenigen Wochen abgelaufen. Sonst war er körperlich in einem guten Zustand, besser als sein Alter erwarten ließ. Zur Abrundung müssen wir noch einige Gewebs-untersuchungen machen, dann bekommen Sie unseren Abschlussbericht."

„Eine Frage: Hat Herr Fritsch seinen gesundheitlichen Zustand vor seiner Familie verbergen können?"

„Im Allgemeinen ja, aber seine Frau müsste von seinem Leiden gewusst haben."

„Dann muss ich doch mit der Seniorin sprechen. Eigentlich wollte ich ihr das ja ersparen."

Es Klopft an meine Bürotür:

„Herein! Hallo Herr Weinrauch, was führt Sie zu mir?"

„Ihr Chef hat mit meinem Vorgesetzten gesprochen. Inhalt des Telefonates war das Angebot, mich zur Mordkommission zu versetzen. Und da mein bisheriger Stellvertreter ein tüchtiger Bursche ist, hat mich mein Chef sofort freigegeben. Hier bin ich! Seit Jahren träume ich davon, bei der Mordkommission arbeiten zu dürfen."

„Na, dann wird Ihr Traum hoffentlich ein gutes Ende haben. Ich hoffe, mein Chef hat erklärt, um was es bei Ihrer Versetzung geht?"

„Soweit ich verstanden habe, wird hier intern über eine Umorganisation der Abteilung diskutiert. Dafür wird zusätzliches Personal benötigt."

„Richtig, wobei Ihnen im Augenblick die Rolle des Springers zukommt. Bis wir die Neuorganisation in die Tat umsetzen können, werden wir Sie immer dort einsetzen, wo wir jemand brauchen. Zurzeit werden Sie an der Aufklärung eines Todesfalles mitarbeiten, bei dem wir noch sehr im Dunklen tappen. Wenn der Kollege Pfleger von der Abteilung Wirtschaftskriminalität zurück ist, soll er Sie in den Fall einführen. Und übrigens: Ihre Uniform dürfen Sie gegen Zivilsachen tauschen. Wir tragen Uniform nur bei offiziellen Anlässen."

Der Kollege Weinrauch verlässt mein Arbeitszimmer und ich greife zu den Listen, die mir Herr Fritsch hat überbringen lassen. Ich studiere die Namen auf der Geberliste. Darunter ist nur einer, bei dem ich mich erinnere, ihn in der Presse gelesen zu haben. Dort wurde er als „Oligarch" bezeichnet, worunter ich mir nichts vorstellen kann. Deshalb werfe ich meinen Computer an und google unter „Oligarch".

„Ein Oligarch ist ein Wirtschaftsmagnat oder Tycoon, der durch seinen Reichtum über ein Land oder eine Region weitgehend Macht zu seinem alleinigen Vorteil ausüben kann. Am gebräuchlichsten ist dieser Begriff in Russland, wobei er meist sehr negativ verstanden wird und zwar in dem Sinne, dass es sich um Personen handelt, welche speziell in der Ära Gorbatschoff auf illegalem Weg zu großem Reichtum gelangt sind und diesen zu politischem und wirtschaftlichem Druck verwenden."

Ganz ist mir diese Erklärung aus dem Netz noch nicht verständlich. Ich werde die Kollegen von der Wirtschaft um eine weitere Aufklärung bitten müssen.

Ich rufe bei der Familie Fritsch in Allmannshausen an. Am Telefon meldet sich Frau Meier, die Haushälterin, mit ihrem deutlichen Schweizer Akzent. Ich frage, ob ich am Nachmittag Frau Fritsch Senior zu einem kurzen Gespräch besuchen könnte. Frau Meier erklärt mir, dass sich Frau Fritsch jeden Tag nach dem Mittagessen niederlegt und danach um etwa fünfzehn Uhr dreißig ein Glas Tee trinkt. Zu diesem Zeitpunkt könnte ich meinen Besuch machen.

Die alte Dame sitzt in ihrem Rollstuhl an dem großen Tisch im Esszimmer des Hauses. Vor ihr stehen auf einem Silbertablett eine Teekanne, eine Tasse und eine Zuckerschale. Die Haushälterin, die mich in diesen Raum geführt hat, gießt Tee in die Tasse und Frau Fritsch nimmt einen kleinen Löffel Zucker. Sie begrüßt mich:

„Sie sind der Polizist, der den Mord an meinem Franzl untersucht."

Ihre Stimme ist schwach und schwer zu verstehen, denn sie hält ein Spitzentaschentuch vor den Mund.

„Ja, mein Name ist Peter Wille. Ich bin Kriminal-hauptkommissar bei der Münchner Mordkommission. Noch wissen wir nicht hundertprozentig, ob es sich bei dem Tod Ihres Gatten um einen Mord handelt. Aber wir müssen dem Verdacht, den wir haben, natürlich nachgehen. Und dazu brauchen wir jede Hilfe. Auch die Ihre! Hat Ihr Mann Feinde gehabt, denen Sie einen Mord zutrauen würden?"

„Nein, mein Franz war immer liebenswürdig und freundlich zu allen Menschen, denen er begegnet ist oder die ihn brauchten. Ich kann mich nicht erinnern, dass er jemals mit jemandem gestritten hat."

„Ist in der letzten Zeit irgendetwas Ungewöhnliches geschehen? Ist jemand Neues aufgetaucht, den Sie vorher nicht gesehen haben? Oder hat Ihr Gatte Post erhalten, die ihn in Aufregung versetzt hat?"

„Nein, an nichts davon kann ich mich erinnern."

„Wie stand es um die Gesundheit Ihres Gatten? Litt er an einer neu aufgetauchten Krankheit?"

„Nein, er war immer gesund, mein Franzl. Gelegentlich eine Erkältung, sonst nichts."

Ich spüre eine leichte Anspannung bei der alten Dame und bin mir sicher, dass sie von dem Tumor im Kopf ihres Mannes wusste. Aber ich entscheide, nicht weiter zu bohren. Das kann ich zu einem späteren Zeitpunkt immer noch tun. Ich verabschiede mich und fahre nach München zurück.

Kaum erreiche ich mein Büro, stürmen mein Kollege Max und Herr Weinrauch herein.

„Wir haben ein Wespennest angestochen!"

„Jetzt setzt Euch erst einmal und dann berichtet, was geschehen ist."

„Wie Du angeregt hast, bin ich zu unserer Abteilung Wirtschaftskriminalität gegangen. Ich hatte kaum das Reden begonnen, schleppte mich der Kollege, den ich um Unterstützung bitten wollte, zu seinem Chef, Herrn Kriminalrat Fröhling Als der meinen kurzen Bericht über den Mordfall Fritsch hörte und die Listen sah, die Du von dem älteren Fritsch Sohn bekommen hast, griff er zum Telefon und rief beim Landeskriminalamt an:

„Hallo Dieter, hier passiert eine Sensation! Die Mordkommission hat erreicht, was wir seit langer Zeit versuchen. Sie haben im Zusammenhang mit einem dubiosen Mordfall Listen der Großkunden des Bankhauses Fritsch und Söhne erhalten."

Resultat dieses Telefonats ist, dass heute Nachmittag eine Konferenz hier bei uns stattfindet. Es kommen neben unserem Chef der Mitarbeiter des Landeskriminalamtes sowie ein Mitarbeiter der Bundesanwaltschaft. Soweit ich verstanden habe, sind diese Behörden schon seit längerem hinter einer Gruppe von Oligarchen aus Osteuropa her, die der Geldwäsche in großem Umfang verdächtigt werden."

„Was hat das Bankhaus Fritsch und Söhne und die Listen damit zu tun?"

„Das werden uns die Herren hoffentlich erklären können."

„Gut, dann gehen wir uns jetzt stärken. Wir wollen unserem neuen Kollegen unsere Kantine vorführen-„

Das Konferenzzimmer meines Chefs ist übervoll. Mühsam suchen Max, Herr Weinrauch und ich uns Plätze an dem Konferenztisch. An dessen Kopfende hat unser Chef Platz genommen. Rechts und links neben ihm sitzen schon zwei Damen. Nach der Art ihrer Kleidung – graues Kostüm mit weißer Bluse – schließe ich auf Bankmitarbeiterinnen. Rundherum stehen einige Männer, die sehr nach Geheimdienst aussehen. Mein Chef meldet sich:

„Darf ich die Herren bitten, Platz zu nehmen. Soweit die Stühle nicht ausreichen, holen Sie sich weitere aus dem Nebenraum."

Es vergehen noch einige Minuten, bis alle einen Platz haben und gespannte Ruhe eintritt.

Mein Chef:

„Bevor wir in die Diskussion des vorliegenden Falles eintreten, möchte ich die Anwesenden vorstellen.
Zu meiner Rechten sehen Sie Frau Doktor Marianne Weber von der Abteilung Geldwäsche der Deutschen Bundesbank, zu meiner Linken Frau Doktor Mechthild Gehr von der Bayerischen Landesbank. Sie ist ebenfalls mit der Aufklärung bandenmäßiger Geldwäsche beschäftigt.

Die Herren, die ich jetzt vorstelle, bitte ich zur Identifikation kurz aufzustehen. Dies sind Herr Dieter Knopf vom Landeskriminalamt, Herr Peter Muller vom Bundeskriminalamt sowie Herr Oberstaatsanwalt Rudolf Berger von der Bundesanwaltschaft, sowie Herr Kriminalrat Fröhling, der Leiter unserer Abteilung Wirtschaftskriminalität-

An der großen Zahl der Anwesenden können Sie ermessen, wie wichtig und umfassend die Causa unserer heutigen Konferenz ist. Dem Leiter unserer Mordkommission Herrn Kriminalhauptkommissar Peter Wille und seinen Mitarbeitern ist etwas gelungen, was die anderen anwesenden Dienststellen seit langem vergeblich versucht haben zu bekommen. Es sind dies die Listen der Kunden aus Osteuropa, sowohl auf der Haben- wie auch auf der Sollseite des Bankhauses Fritsch und Söhne. Frau Doktor Weber, Sie möchten etwas dazu sagen."

„Ja! Die Tatsache, dass das Bankhaus Fritsch die Untersuchung der bei ihnen eingegangenen Geldbeträge nach ihrer Quelle und die vor-geschriebenen Meldungen an unser Haus unterlassen hat, verhinderte, dass wir in den Besitz der Namen der Kontoinhaber kommen konnten. Das Gleiche gilt für die Bayerische Landesbank."

Es meldet sich der Vertreter der Bundesanwaltschaft zu Wort:

„Wir müssen vorausschicken, dass wir seit langem von den Aktivitäten osteuropäischer Oligarchen wissen. In Zusammenarbeit mit dem Bundeskriminalamt und dem Landeskriminalamt haben wir vergeblich versucht, an die Namen der handelnden Personen und an die Zahlungsströme heranzukommen. Es ist uns dies nur sehr fragmentarisch und ohne Beweiskraft gelungen. Umso mehr waren wir elektrisiert, als wir davon hörten, dass Herr Wille und seine Leute im Besitz einer kompletten Namensliste sind. Würden Sie, Herr Wille, uns bitte erläutern, wie Sie in den Besitz dieser Listen gekommen sind."

„Das ist schnell erzählt. Gestern Mittag haben wir den Seniorchef des Bankhauses Fritsch und Söhne hier auf einer Bank im Hofgarten tot aufgefunden. Bei den ersten Gesprächen mit Mitgliedern der Familie Fritsch erhielten wir Kenntnis davon, dass es im Führungsgremium der Bank zu Unstimmigkeiten über die grundlegende Geschäftspolitik gekommen war. Der Senior und sein älterer Sohn wollten die bisherige Vorgehensweise, keine Geschäfte mit Großkunden zu tätigen, beibehalten. Der jüngere Sohn hatte aber schon Geschäftsbeziehungen zu Großkunden aus dem osteuropäischen Raum aufgenommen. Darüber sollte nächste Woche bei einem Treffen des Führungsgremiums diskutiert werden. Mir kam diese einseitige Orientierung auf Kunden aus Osteuropa etwas dubios vor."

„Insbesondere, da mir der ältere Sohn berichtete, dass eine hausinterne Revision ergeben hatte, dass die bei dem Bankhaus mit Wissen des jüngeren Sohnes eingelegten großen Geldbeträge ohne Überprüfung der Quelle angenommen wurden. Ich bat um eine Liste der Anleger großer Geldbeträge und auch um eine Liste der größeren Kreditnehmer. Herr Wilhelm Fritsch sagte mir die Übersendung zu und hat dieses Verspreche wahrgemacht."

Mein Chef fragt dazwischen:

„Wie weit sind Ihre Ermittlungen im Todesfall des Seniors? War es ein natürlicher Tod oder müssen wir von Mord ausgehen?"

„Herr Doktor Wolf, unser Pathologe, hat festgestellt, dass Herr Fritsch Senior mit größter Wahrscheinlichkeit ermordet wurde. Er begründet dies mit einer Einstichstelle am Hals und den im Blut des Toten gefundenen Barbiturate. Die Zusammensetzung entspricht überraschenderweise der Mixtur, die in der Schweiz legal bei der Hilfe zur Selbsttötung verwendet wird. Ob hier ein Zusammenhang zu der Diskussion über eine Änderung der Geschäftspolitik der Bank besteht, wissen wir noch nicht. Ich beabsichtige, als Nächstes die Personen auf der Anlegerliste auf etwaige kriminelle Handlungen in der Vergangenheit zu überprüfen."

Eine Stimme aus der Runde:

„Na, da haben Sie sich aber viel vorgenommen!"

Das war der Vertreter des Bundeskriminalamtes. Er fährt fort:

„In unserem Hause ist eine ganze Abteilung damit beschäftigt, die Vergangenheit von Personen aus dem ehemaligen Ostblock zu untersuchen. Ich schlage vor, dass wir unsere Kräfte vereinigen. Wenn Sie, Herr Wille, damit einverstanden sind, geben wir die Listen an diese Abteilung, bilden sozusagen eine Sonderkommission und teilen alle Ergebnisse miteinander. Ich würde auch vorschlagen, dass wir etwaige Aktionen vor ihrer Durchführung miteinander abstimmen."

„Ich bin für jede Hilfe sehr dankbar. Die Zustimmung meines Chefs vorausgesetzt, würde ich meinen Mitarbeiter Weinrauch zum Kontaktmann zwischen Ihrer Abteilung und uns ernennen."

Es meldet sich Frau Gehr von der Bayerischen Landesbank:

„Ich habe die Liste der Geldgeber überflogen. In der Kürze der Zeit natürlich nur oberflächlich. Trotzdem ist mir ein Name aufgefallen, der bei uns schon einige Male aufgetaucht ist. Der Name ist Dimitri Ogaschenko. Es handelt sich um einen fünfzig Jahre alten Oligarchen aus der Ukraine.

Dieser Mann hat in den ersten Jahren nach der Auflösung der Sowjetunion eine Reihe von vormaligen Staatsbetrieben zum Nulltarif übernommen und durch radikale Sparprogramme in die Gewinnzone geführt. Dabei hat er Millionen von Dollars verdient, die er auf uns unbekannten Wegen nach Deutschland transferiert hat. Auch soll er große Summen in bar in den Westen gebracht haben."

Ich antworte:

„Dieser Name ist mir bei der ersten Durchsicht der Listen auch aufgefallen. Ich erinnerte mich, dass ich ihn des Öfteren in der Presse gelesen hatte. Darf ich den Vorschlag des Vertreters des Bundeskriminalamtes noch einmal aufgreifen. Wir sollten, wie angeregt, eine Sonderkommission einrichten, die alle Informationen zu den Personen auf den Listen zusammenträgt."

In der folgenden Diskussion wird festgelegt, wer Mitglied der Sonderkommission sein soll, welche Aufgabe jeder Einzelne hat und dass die Leitung bei mir liegt, unterstützt durch den Kollegen Weinrauch als Verbindungsmann.

Beim Auseinandergehen spricht mich Frau Doktor Gehr an. Aus der Nähe macht sie einen sehr gepflegten Eindruck. Eine gute Figur in einem maßgeschneiderten Kostüm; interessant geschnittenes Gesicht mit einem dezenten Makeup; umweht von einem leichten femininen Duft.

„Herr Wille, einen Augenblick bitte!"

„Frau Doktor Gehr, was kann ich für Sie tun?"

„Nicht für mich! Im Gegenteil möchte ich Ihnen noch eine Information zu Herrn Ogaschenko geben. Wir haben ermitteln können, dass er sich eine Wohnung in München gekauft hat. Und dies für sehr viel Geld."

„Wissen Sie auch, wo in München diese Wohnung liegt? Haben Sie vielleicht die genaue Anschrift?"

„Ja, sie liegt in Schwabing, an der Leopoldstraße. Dort wurde nördlich des Platzes der Münchner Freiheit ein neues Viertel gebaut, die Schwabinger Höfe. Dort hat er eine Dachterrassenwohnung erworben; wie ich schon sagte, für sehr viel Geld!"

„Und wohnt er dort auch?"

„Das entzieht sich meiner Kenntnis. Wir können von Seiten der Landeszentralbank keine Überwachung durchführen. Das wäre Ihre Aufgabe."

„Vielen Dank, ich werde Ihre Information an die Sonderkommission weitergeben und eine Überwachung anregen. Auf Wiedersehen!"

Die Versammlung löst sich auf und ich gehe in mein Büro. Dort erwartet mich eine Überraschung!

In einem meiner Besucherstühle sitzt Herr Wilhelm Fritsch.

„Na endlich, Herr Wille, ich warte schon eine ganze Weile auf Sie."

„Das tut mir leid. Ich wusste nicht, dass Sie mich heute aufsuchen. Was kann ich für Sie tun?"

Während ich rede, fällt mir auf, dass von der Ruhe, die Herr Fritsch bei unserem Treffen in Allmannshausen ausgestrahlt hatte, nichts mehr zu spüren ist. Ganz im Gegenteil! Er wirkt unruhig und besorgt.

„Es ist eine Katastrophe geschehen! Bei uns im Tresorraum sind zwei Schließfächer aufgebrochen worden. Es ist mir schleierhaft, wie das passieren konnte. Unsere Sicherheitsmaßnahmen sind lückenlos, wie bei allen Banken."

„Bitte schildern Sie mir genau, was geschehen ist und wann Sie den Einbruch bemerkt haben?"

„Als ich heute früh zur üblichen Zeit unser Bankhaus betreten habe, warteten schon die für die Öffnung des Tresorraumes zuständigen Mitarbeiter auf mich. Zwei Mitarbeiter, welche jeweils einen der beiden Schlüssel zum Tresor in ihrem Gewahrsam haben.

Zusätzlich ist die Türe zum Tresorraum mit einem Zeitschloss versehen, das ein Öffnen nur zu bestimmten vorprogrammierten Zeiten zulässt.
Die Mitarbeiter berichteten, dass Sie die Türe zum Tresorraum wie üblich um acht Uhr dreißig geöffnet haben und beim Betreten feststellten, dass in der Wand mit den eingebauten Schließfächern zwei der großen Fächer aufgebrochen waren."

„Was haben die Mitarbeiter unternommen?"

„Noch nichts, denn sie fürchteten um den guten Ruf unserer Bank. Deshalb haben Sie auf mich gewartet und ich bin sofort hierher in das Polizeipräsidium gegangen, um mit Ihnen zu sprechen."

„Gut, das bedeutet, dass außer Ihren beiden Mitarbeitern heute noch niemand den Tresorraum betreten hat."

„Das ist korrekt!"

„Ich werde als Erstes unsere Spurensicherung zu Ihnen in das Bankhaus schicken. Vielleicht können wir im Tresorraum oder an den aufgebrochenen Safes Spuren sowie Fingerabdrücke oder DNA finden."

„Ich muss Ihnen noch etwas sagen. Die beiden betroffenen Schließfächer wurden von meinem Bruder an Herrn Dimitri Ogaschenko vermietet. Mein Bruder muss befragt werden, ob er Kenntnis von dem Inhalt der Fächer hat. Er ist übrigens für die Vermietung unserer Schließfächer und dem Zugang der Kunden zu diesen verantwortlich."

„Das klingt nicht gut. Ich kann nur hoffen, dass er mit dem Einbruch nichts zu tun hat. Jetzt würde ich gerne mit Ihnen zum Ihrem Bankhaus gehen, um mir die Situation im Tresor selbst anzusehen. Ich habe immer gerne einen persönlichen Eindruck von einem Tatort. Lassen Sie mich kurz unsere Abteilung Spurensicherung informieren, dann können wir losgehen."

Herr Fritsch und ich fahren mit dem altertümlichen Paternoster in das Erdgeschoß des Präsidiums und gehen zu Fuß zum Promenadeplatz.

Das Bankhaus Fritsch und Söhne residiert in einem alten Palais. Wir betreten ein großzügiges Foyer und werden von einem grauhaarigen Portier begrüßt. Eine Marmortreppe führt sowohl hinauf in eine Schalterhalle wie auch abwärts in den Keller. Wir gehen hinab in einen holzgetäfelten Vorraum und sehen durch die geöffnete runde Tresortüre hinein in den Tresor. Vor der Tresortüre ist ein schmaler Gang, bei dessen Überquerung wir uns plötzlich von hinten sehen können.

„Dieser Gang umrundet den kompletten Tresorbereich und in jeder Ecke ist ein Spiegel angebracht, sodass man um den Panzerraum herumsehen kann. Bitte kommen Sie mit in den Tresor. Hier in einem weiteren Vorraum sind die Kundensafes angebracht. Sie sind in die rechte und die linke Wand eingemauert.
Wie Sie sehen können, gibt es verschiedene Größen, die größten sind unten über dem Fußboden positioniert. Und davon sind hier rechts zwei Stück aufgebrochen. Und zwar mit brachialer Gewalt."

„Halt, Herr Fritsch! Wir dürfen nicht weitergehen. Sonst könnten wir wichtige Spuren vernichten. Rufen Sie bitte auch Ihre Mitarbeiter aus den Tresorräumen heraus. Bis unsere Mitarbeiter von der Kriminaltechnik eintreffen, würde ich Sie bitten, Ihren Bruder zu suchen. Ich muss ihn unbedingt sprechen."

„Bitte kommen Sie mit in mein Büro. Meine Mitarbeiter werden bis zum Eintreffen Ihrer Spurensucher niemanden in die Tresorräume lasse.

Auf dem Weg nach oben können wir feststellen, ob mein Bruder in der Zwischenzeit in seinem Büro angekommen ist. Er beginnt den Tag immer später als ich."

Herr Fritsch und ich verlassen das Tresorgeschoß über die Marmortreppe, passieren das Foyer und betreten dann die Schalterhalle. Durch eine kleine, in die Marmorverkleidung der Hallenwand eingelassene Tür kommen wir in ein weiteres schmales Treppenhaus. Ein Stockwerk höher gehen wir durch einen Vorraum hinein in einen Gang, von dem rechts und links mehrere Türen abgehen. Durch eine davon betreten wir einen großzügigen, etwas altmodisch eingerichteten Büroraum. Herr Fritsch geht zu dem querstehenden Schreibtisch, nimmt einen Telefonhörer auf und wählt eine Nummer.

„Guten Morgen, Paul! Kannst Du bitte in mein Büro kommen? Bitte gleich!"

Es vergehen wenige Minuten, die Türe öffnet sich und Herr Paul Fritsch betritt den Raum. Seiner Bekleidung nach kommt er entweder vom Golfplatz oder will dorthin.

„Hallo Paul, den Herrn Wille brauche ich Dir nicht vorstellen. Bist Du über den Einbruch in unsere Schließfächer informiert worden?"

„Nein, was ist passiert?"

„Die beiden Fächer, die Du an Herrn Ogaschenko vermietet hast, sind gewaltsam aufgebrochen worden. Der Inhalt ist verschwunden! Hast Du eine Vorstellung davon, wie so etwas passieren kann?"

„Nein! Der Zugang zu den Schließfächern ist mehrfach gesichert. Jeder Mieter hat einen einzigen Schlüssel zu dem jeweiligen Fach. Zur Öffnung eines Faches braucht es zwei Schlüssel. Der zweite ist im Besitz eines Mitarbeiters unserer Bank. Will ein Kunde in sein Schließfach, muss er sich zuerst bei diesem Mitarbeiter mit einem persönlichen Code identifizieren. Diesen Code hat er bei der Anmietung erhalten und der ist nur ihm und dem Bankmitarbeiter bekannt.

Nach der Anmeldung bei dem Bankmitarbeiter wird er zu seinem Schließfach begleitet. Dort angekommen führt er seinen Schlüssel in das vorgesehene Schlüsselloch ein und der Bankangestellte steckt seinen Schlüssel in das Nebenloch. Bis zu diesem Zeitpunkt ist der Kunde immer in Begleitung durch unseren Mitarbeiter. Der Kunde kann jetzt nach Öffnung der Safetüre die Kassette aus dem Fach nehmen. Danach wird er in einen kleinen Nebenraum geführt, wo ihn dann der Mitarbeiter allein lässt.

Ist der Kunde fertig, so betätigt er einen in die Wand eingelassenen Rufknopf und der damit alarmierte Mitarbeiter holt ihn ab und geht mit ihm zum Schließfach.

Der Kunde legt die Kassette in das Fach, schließt die Türe und beide verschließen mit ihren jeweiligen Schlüsseln diese Safetür. Und zwar immer zuerst der Kunde und dann der Mitarbeiter. Vor Verlassen des Tresorbereiches zeichnet der Kunde noch die Notiz über seinen Besuch im Tresorbuch ab, die seinen Namen, das Datum und den Zeitpunkt der Safeöffnung sowie der Schließung dokumentiert."

„Ist dieser Vorgang videoüberwacht?"

„Ja, bis auf die Zeit, die der Kunde in dem kleinen Raum verbringt. Niemand soll sehen, was seine Kassette enthält."

„Wie kann dann jemand in den Tresorraum eindringen und die beiden Schließfächer aufbrechen? Übrigens, weißt Du zufällig, was Herr Ogaschenko in den Schließfächern aufbewahrt hat?"

„Ja, denn er hat es mir selbst erzählt. In jedem der zwei Fächer waren fünfundzwanzig Millionen US-Dollar. Er hat sich bei mir beschwert, dass nicht mehr hineinging."

Mir entfährt:

„Das ist ein Hammer! Woher hat der so viel Geld?"

„Diese Frage stellt sich uns nicht. Jeder Kunde kann in seinem Schließfach aufbewahren, was er will."

„Gibt es dafür eine Versicherung?"

„Nein, nicht in dieser Größenordnung."

„Bleibt für uns die entscheidende Frage offen: Wie kam der Täter oder wie kamen die Täter in den Tresorraum, um die Schließfächer aufzubrechen. Dass sie wussten, was in den Fächern war, setze ich als bekannt voraus."

„Herr Wille, darf ich vorschlagen, dass Sie sich zuerst einmal die Videobänder der letzten vierundzwanzig Stunden ansehen. Vielleicht ist darauf etwas zu sehen, das Ihnen weiterhilft."

„Bitte lassen Sie mir die Videobänder in das Präsidium bringen. Meine Mitarbeiter werden sie Minute für Minute studieren. Ich selbst werde unsere Kriminaltechniker in Ihrem Tresorbereich einweisen und dann in das Präsidium zurückgehen."

Auf dem Weg zurück rufe ich über mein Handy meinen Kollegen Max an:

„Hi Max, bitte hole den Kollegen Weinrauch und geh mit ihm in mein Büro. Ich bin gleich da. Wir müssen unsere Strategie für unsere nächsten Aktivitäten besprechen."

„Geht in Ordnung, wir warten auf Dich."

In dem folgenden Gespräch in meinem Büro berichte ich meinen Kollegen von dem Vorfall im Bankhaus Fritsch und Söhne. Max stellt fest:

„Nach der Schilderung von Paul Fritsch ist es für einen Nichtkunden unmöglich in den Tresorraum zu kommen, geschweige denn ein Schließfach zu öffnen. Das deutet doch mit großer Wahrscheinlichkeit darauf hin, dass eine interne Unterstützung stattgefunden haben muss."

„Das ist sicher richtig. Nur wird der Nachweis sehr schwierig werden."

In diesem Moment klopft es an der Türe:

„Herein!"

Es ist der gleiche junge Mann, der mir die Listen der Anleger und Kreditnehmer der Bank überbracht hatte. Auch dieses Mal ist er mehr als korrekt gekleidet.

„Herr Wille, ich soll Ihnen von Herrn Wilhelm Fritsch dieses Päckchen überbringen."

Dabei legt er das erwähnte Päckchen auf meinen Schreibtisch und verabschiedet sich. Ich öffne die Sendung. Sie enthält eine Reihe von USB-Sticks, die mit Foyer, Vorraum 1 Tresor, Vorraum 2 Tresor und Hauptraum Tresor gekennzeichnet sind.

„Max, würdest Du bitte den Inhalt dieser Datenträger ansehen. Du kennst aus meinem Bericht über den Einbruch, worauf es ankommt. Wenn Du fündig wirst, gib mir bitte eine Nachricht. Ich selbst werde versuchen, Kontakt zu Herrn Ogaschenko zu bekommen und an Herrn Weinrauch habe ich die Bitte, noch einmal bei der Familie Fritsch nachzubohren, ob sich in der Familie oder in ihrem Umfeld in den letzten Wochen Veränderungen ergeben haben. Wir treffen uns hier in meinem Büro morgen früh um acht Uhr."

„Jetzt habe ich etwas vergessen. Herr Weinrauch, Sie sollten Kontakt zu der Sonderkommission des Bundeskriminalamtes aufnehmen. Es interessiert mich, ob die Bearbeitung der Listen vom Bankhaus etwas Neues zu Tage gefördert hat."

„Geht in Ordnung!"

Wir gehen auseinander und ich laufe zur Fahrbereitschaft, um mich nach Schwabing bringen zu lassen. Vor dem Neubauviertel „Schwabinger Höfe" verlasse ich das Fahrzeug und gehe zum Hauseingang der mir von Frau Doktor Gehr genannten Adresse. Vergeblich suche ich nach Türklingeln. Etwas hilflos stehe ich da, als sich vor mir die Haustüre öffnet und ein glatzköpfiger, bulliger Mann in einem billigen grauen Anzug heraustritt. Er knurrt mich an:

„Suchen Sie jemand?"

„Ja, ich möchte zu Herrn Dimitri Ogaschenko."

„Wer sind Sie und was wollen Sie von Herrn Ogaschenko?"

„Ich bin Kriminalhauptkommissar Peter Wille von der Mordkommission München und was ich will, werde ich Herrn Ogaschenko nur persönlich mitteilen."

Er dreht sich abrupt um und die Türe schließt sich hinter ihm. Ich komme mir vor, wie in einem Kriminalfilm aus Chicago. Es dauert einige Minuten, dann öffnet sich die Türe erneut und der Bulle erscheint wieder und knurrt in meine Richtung:

„Herr Ogaschenko will Sie sehen. Er schickt den Fahrstuhl herunter."

Eine einladende Geste veranlasst mich, durch die Türe die Eingangshalle zu betreten. Gegenüber der Eingangstüre sehe ich einige Fahrstuhltüren.

Eine davon öffnet sich und der bullige Portier weist auf diese. Ich betrete den Fahrstuhl und ohne eine Aktion von mir schließt sich die Türe. Der Lift setzt sich nach oben in Bewegung. Nach einigen Minuten stoppt er und die Türe öffnet sich. Davor steht ein Bulle, welcher der Bruder des Portiers sein könnte.

„Bitte folgen Sie mir."

Mein Gefühl, in Chicago zu sein, wird immer stärker. Die Wohnung, in der ich gelandet bin, gleicht denjenigen, die manchmal in Filmen aus den USA zu sehen sind. Ich werde durch einen riesigen Vorraum in ein noch größeres Wohnzimmer geführt. Voluminöse Polstermöbel stehen vor wandhohen Fenstern, die einen Blick auf die Dächer und Türme der Stadt München freigeben. Der Bulle führt mich auf eine weitläufige Dachterrasse zu einer Gruppe aus Liegestühlen. In einem davon liegt ein Zwerg, ein winziger dürrer Mann mit einem Glas Wasser in der einen Hand und einer Zigarre in der anderen. Mein Gefühl, in Chicago zu sein, wird immer stärker.

„Guten Tag, Herr Wille! Was verschafft mir die Ehre eines Besuches der Mordkommission?"

Der Zwerg spricht mit einer erstaunlich tiefen Stimme in akzentfreiem Deutsch.

„Leider habe ich keine guten Nachrichten für Sie. In der letzten Nacht wurden die beiden von Ihnen beim Bankhaus Fritsch und Söhne gemieteten Schließfächer aufgebrochen und der Inhalt gestohlen."

„Warum kümmert sich die Mordkommission um diesen Vorfall und nicht die Kollegen vom Einbruchsdezernat?"

„Weil wir am gleichen Tag die Leiche des Seniorchefs der Bank im Hofgarten gefunden haben."

„Das ist bedauerlich, aber was hat das Eine mit dem Anderen zu tun?"

„Das ist genau die Frage, die ich klären muss."

„Und Sie glauben, dass ich Ihnen dabei helfen kann."

„Das wird sich im Laufe der Ermittlungen ergeben. Im Übrigen – Sie scheinen über den Verlust des Inhaltes der Schließfächer nicht sehr betrübt zu sein."

„Da war nur Geld drin. Und davon habe ich genug."

„Nach unseren Informationen waren in jedem der Fächer jeweils fünfundzwanzig Millionen US-Dollar. Das ist kein Pappenstiel."

„Wissen Sie, was eine Milliarde ist? Davon habe ich mehrere!"

„Wie schön für Sie! Aber zurück zu dem Vorfall. Haben Sie eine Idee, wer der oder die Einbrecher gewesen sein können? Haben Sie Feinde, die Ihnen auf diese Weise schaden wollen? Oder haben Sie irgendjemandem geschadet und der will sich rächen?"

„Nein, nicht dass ich wüsste! Und ich würde auch niemandem raten, mich auf diese Weise ärgern zu wollen."

„Dann wollen Sie keine Anzeige erstatten?"

„Das werde ich mit meinen Anwälten besprechen. Sie hören von mir."

Damit endet das Gespräch und der Bulle bringt mich zum Aufzug. Im Vorübergehen sehe ich eine Kalaschnikow, angelehnt an eine Kommode. Jetzt bin ich wirklich im Chicago der dreißiger Jahre angekommen.
Noch aus dem Fahrstuhl rufe ich den Fahrer der Bereitschaft, der in der Nähe gewartet hat und bitte ihn, mich abzuholen. Auf der Fahrt zum Präsidium erreicht mich eine SMS von Max mit der Bitte, in seinem Büro vorbeizuschauen.

„Ich muss Dir einige Szenen aus den Überwachungs-videos zeigen. Hier ist die erste, aufgenommen um achtzehn Uhr dreizehn am Tag vor dem Einbruch."

Ich schaue auf den Bildschirm, den Max auf seinem Schreibtisch aufgebaut hat und sehe in den Tresor mit weit geöffneter Panzertüre. Ein Mann betritt den Vorraum, geht zu der Tresortür und macht sich an der innen angebrachten Apparatur zu schaffen.

„Was Du da siehst, ist die Zeitschaltuhr, die zu voreingestellten Zeiten das Öffnen der Tür zulässt. Der Mann verstellt sie offensichtlich. Ich habe die Kriminaltechnik gebeten, diese Mechanik zu untersuchen. Vielleicht können wir Fingerabdrücke finden, denn wie Du siehst trägt der Mann keine Handschuhe."

„Wir brauchen nicht lange zu suchen, ich kenne den Mann. Es ist Paul Fritsch, der jüngere der beiden Brüder. Bitte bestelle ihn so schnell es geht hierher ins Präsidium."

„Warte noch ein wenig, ich muss Dir noch etwas zeigen. Es handelt sich um den Blick in den Vorraum mit den Schließfächern um zweiundzwanzig Uhr sechsundvierzig."

Max steckt einen anderen USB-Stick in den Computer, betätigt einige Tasten und auf dem Bildschirm erscheint der Blick auf die geschlossene Panzertüre.

Zwei Männer nähern sich ihr, schwarz gekleidet, mit Sturmhauben und großen Handschuhen. Sie stecken jeweils einen Schlüssel in die beiden Schlüssellöcher in der Panzertüre, drehen das Rad an der Vorderseite, öffnen die Türe und betreten den Vorraum mit den Schließfächern.

Max wechselt den USB-Stick und auf dem Bildschirm erscheint die Wand mit den Schließfächern. Einer der Männer zieht eine Sackkarre hinter sich her, auf der deutlich die Teile eines Schneidbrenners zu erkennen sind. Damit brennt einer der Männer jeweils eine Ecke der Türen der beiden Schließfächer auf. Dann hebelt er die Türen mittels eines Wagenhebers aus ihren Verankerungen. Schnell wird der Inhalt der Fächer in IKEA-Tüten verstaut und die Männer verlassen den Raum. Auch die Sackkarre mit dem Equipment wird mitgenommen. Die Panzertüre schließt sich, offensichtlich von außen bedient. Die ganze Operation dauert ungefähr zwanzig Minuten.

„Woher haben die Gangster die Schlüssel für die Panzertüre?"

„Auch diese Frage wird uns Paul Fritsch beantworten müssen."

Max geht, dafür kommt Herr Weinrauch ins Arbeitszimmer.

„Mein Kontakt zur Sonderkommission bringt uns etwas Klarheit, wie die Geldwäsche der Oligarchen vor sich geht. Wollen Sie Details hören?"

„Ja, denn das interessiert mich sehr."

„Im Prinzip ist es ganz einfach. Die Geldgeber geben sich als Investoren aus, die besonders mittelständische Unternehmen unterstützen oder kaufen wollen. Dazu zahlen sie große Beträge bei einer Bank ein, die es mit der Quellenprüfung und der Meldung an die Landeszentral- oder die Bundesbank nicht so genau nimmt. Aus diesem Topf werden dann die anvisierten Unternehmen mit günstigen Krediten versorgt. Die Zins- und Tilgungszahlungen der Unternehmen wiederum gehen auf andere Konten der Geldgeber und sind auf diesem Wege legal geworden, da sie ordentlich als Einkommen versteuert werden. Die vermittelnde Bank verdient an diesen Zahlungen, indem sie eine fette Provision einbehält.
Von den Personen auf der Liste der Fritschbank wurden auf diese Weise bisher rund sechs Milliarden Euro gewaschen. Und der größte Geldgeber aus dieser Gruppe ist Herr Ogaschenko.
Die Kreditnehmer, die finanzierten Unternehmen, wissen nichts von der Geldwäsche, denn ihnen gegenüber tritt jeweils die Bank als Kreditgeber auf. Die Oligarchen bleiben im Hintergrund."

„Auch nach diesen Informationen wird es immer wichtiger, dass wir uns mit dem jungen Fritsch eingehend unterhalten. Max ist auf dem Weg, um ihn abzuholen. Sobald er im Hause ist, möchte ich, dass Sie an der Befragung teilnehmen."

„Okay, ich warte auf Ihren Anruf."

Herr Weinrauch verlässt mein Büro und ich beginne meinen Bericht für die Unterlagen zu schreiben. Da läutet mein Telefon. Am Apparat ist Frau Doktor Müller-Kreuz, die Leiterin unserer Kriminaltechnik.

„Hallo Herr Wille, wir haben die Untersuchung des Tatortes im Bankhaus Fritsch und Söhne abgeschlossen."

„Und wie schaut ihr Ergebnis aus?"

„An den Schließfachtüren haben wir eine Reihe von Fingerabdrücken sichergestellt. Wir lassen sie jetzt durch unsere Suchmaschinen laufen. Ich glaube aber nicht, dass wir hierbei fündig werden, da die Täter, wie wir von den Videos wissen, Handschuhe getragen haben. Auch werden eine Reihe der Abdrücke den im Tresorbereich beschäftigten Bankmitarbeitern zuzuordnen sein. Wir haben zu Vergleichszwecken deren Fingerabdrücke genommen.
Anders sieht es bei dem Zeitschloss aus. Hier fanden wir lediglich Abdrücke von einer Person. Wir sollten uns die Fingerabdrücke von Herrn Paul Fritsch besorgen. Ich bin mir sicher, dass wir hier eine Übereinstimmung finden werden."

„Max ist auf dem Weg, Herrn Fritsch ins Präsidium zu holen. Er wird unter anderem kriminaltechnisch behandelt werden. Vielen Dank für Ihre Informationen. Bitte schicken Sie mir Ihren Bericht für die Akten."

Kaum wende ich mich wieder meinem Bericht zu, werde ich wieder gestört. Dieses Mal ist es die Pforte, die mir eine Besucherin meldet. Es handelt sich um Frau Doktor Gehr von der Bayerischen Landesbank.

Elegant gekleidet und umweht von einem Hauch Parfüm betritt sie mein Büro.

„Guten Tag Herr Wille!"

„Grüß Gott Frau Doktor Gehr. Was verschafft mir die Ehre Ihres Besuches?"

„Einmal wollte ich Ihnen die Informationen der Sonderkommission bestätigen, welche die Unterlagen des Bankhauses Fritsch und Söhne auswerten. Auch dass diese Bank die vorgeschriebene Quellenprüfung und die Meldungen an die Landeszentralbank unterlassen hat. Warum dies in meinem Hause nicht aufgefallen ist, wird von unserer Revisionsabteilung untersucht."

„Bei der Größenordnung, die allein Herr Ogaschenko bei Fritsch und Söhne platziert hat, hätte das eigentlich auffallen müssen."

„Sie haben im Prinzip recht! Nur hat man die Geldeingänge geschickt aufgeteilt und teils über Fremdwährungskonten geleitet. Trotzdem muss diese ungesetzliche Vorgehensweise aufgeklärt werden."

„Sie sagten, dass Sie noch weitere Informationen für mich haben."

„Heute früh hat mich Herr Ogaschenko angerufen. Einmal weiß ich dadurch, dass er sich im Moment in München aufhält. Und er hat mir von Ihrem Besuch bei ihm berichtet, auch von dem Einbruch in seine Schließfächer bei Fritsch und Söhne."

„Haben Sie denn weitere Erkenntnisse?"

„Nein, nicht direkt! Aber ich kenne Herrn Ogaschenko ein wenig und deshalb weiß ich auch, dass er so einen Angriff auf sein Vermögen nicht tatenlos hinnimmt. Soweit ich ihn verstanden habe, hat er seine Mitarbeiter losgeschickt, in der Münchner Szene nach Informationen zu suchen. Er meint, dass es sich bei den Einbrechern um Profis gehandelt hat, die irgendwann einen Fehler begehen, zum Beispiel plötzlich größere Beträge von US-Dollars umzuwechseln versuchen."

„Das ist interessant, denn ich werde mit Hilfe unseres Einbruchsdezernates das Gleiche versuchen. Vielen Dank für Ihren Besuch."

Frau Doktor Gehr verabschiedet sich und verlässt unter Hinterlassung eines Hauchs ihres Parfüms mein Büro. Ich rufe meinen alten Freund Hauptkommissar Adler vom Einbruchsdezernat an und schildere ihm kurz den Vorfall im Bankhaus Fritsch und Söhne.

Ohne lange zu zögern sagt er mir seine Hilfe zu. Er und seine Kollegen werden Kontaktleute in der Münchner Szene ansprechen und Informationen für mich sammeln. Mal sehen, wer schneller ist; Ogaschenko oder wir.

„Herr Paul Fritsch sitzt in unserem Verhörraum."

Max kommt mit dieser Nachricht in mein Büro.

„Können wir den Bildschirm und das Abspielgerät aus Deinem Arbeitszimmer in das Vernehmungszimmer bringen?"

„Na klar! Ich organisiere das. Willst Du ihn gleich mit unserem Hauptbeweis konfrontieren?"

„Warum soll ich lange um den heißen Brei herumreden? Wurde er schon kriminaltechnisch behandelt?"

„Ja, ich habe das angewiesen, ohne Dich vorher zu fragen."

„Das geht in Ordnung! Lass die Gerätschaften hinüberbringen und anschließen. Ich komme in einigen Minuten nach."

Als ich den Vernehmungsraum betrete sind die Techniker noch mit dem Aufbau der Abspielgarnitur beschäftigt. Das lässt mir Zeit, Herrn Fritsch zu beobachten. Er wirkt niedergeschlagen und müde. Mein Eindruck ist, dass er weiß, dass seine Situation nicht gut ist.

„Grüß Gott Herr Fritsch! Ich nehme an, Sie wissen oder ahnen, weshalb wir Sie hierher ins Polizeipräsidium geholt haben. Ich muss Ihnen sagen, dass wir Sie heute nicht mehr als Zeugen, sondern als Beschuldigten vernehmen. Wir beschuldigen Sie, zumindest als Helfer an dem schweren Einbruch in Ihr Bankhaus beteiligt zu sein."

Auf diese Einführung erfolgt keinerlei Reaktion. Herr Fritsch blickt wie versteinert vor sich hin.

„Um die Zeit abzukürzen, zeigen wir Ihnen einen Ausschnitt aus der Aufzeichnung der Videokamera, die im Vorraum der Tresoranlage Ihrer Bank installiert ist. Die Aufnahme stammt von Vorabend des Einbruchs."

Max schaltet die Apparatur ein und auf dem Bildschirm erscheint der uns schon bekannte Blick in den Vorraum. Die mitlaufende Uhr springt auf achtzehn Uhr dreizehn. Im Bild erscheint Herr Paul Fritsch, geht zur Panzertür und betätigt die Mechanik auf der Innenseite der Tür. Nach wenigen Minuten verlässt er wieder den Raum. Max schaltet das Vorführgerät aus.

„Die eben gezeigte Szene hat uns veranlasst, die Innenseite der dort angebrachten Zeitmechanik auf Fingerabdrücke zu untersuchen. Wie mir gerade von unserer Kriminaltechnik mitgeteilt wurde, stammen viele der gefundenen Abdrücke von Ihnen. Haben Sie mir etwas zu sagen?"

67

Herr Fritsch setzt sich aus seiner kauernden Haltung auf und antwortet:

„Nein! Ich möchte meine Anwälte hier haben."

„Dann werden Sie mir die Frage, wie die Einbrecher in den Besitz der zwei Schlüssel zu der Türe zum Tresorraum gekommen sind, auch nicht beantworten wollen."

„Nein!"

„Gut, dann brechen wir die Befragung ab. Sie bleiben hier bei uns im Polizeipräsidium und mein Mitarbeiter wird Ihnen behilflich sein, Ihre Anwälte anzurufen. Wir setzen die Befragung morgen früh um neun Uhr fort. Danach werden wir Sie dem Haftrichter vorführen, der darüber zu entscheiden hat, ob Untersuchungshaft angeordnet wird oder nicht."

Herr Fritsch wird von zwei herbeigerufenen Kollegen aus dem Raum geführt.

„Max, Du gehst bitte sofort hinüber zum Bankhaus und sprichst mit den Mitarbeitern, die für den Tresorraum verantwortlich sind. Stelle ihnen die Frage, ob es von den Schlüsseln zur Panzertüre Duplikate gibt und wo die aufbewahrt werden. Bitte mach schnell!"

Für heute beende ich meinen Dienst und gehe in die Tiefgarage zu meinem Wagen. Kurz bevor ich mein Haus an der Peripherie Münchens erreiche, läutet mein Handy. Über die Freisprecheinrichtung nehme ich den Anruf entgegen.

„Wille hier!"

„Hallo, hier ist Dein Freund Adler mit der Nachricht des Tages!"

„Und die ist?"

„Wir haben Deine Einbrecher!"

„Bitte, ist das wahr?"

„Ja, einer unserer Informanden aus dem Millieu hat uns den Tipp gegeben, dass ein Mann versucht hat, in einem illegalen Puff im Bahnhofsviertel mit einer Einhundert-Dollar-Note zu bezahlen. Es handelt sich um Manfred Geiger, der uns einschlägig bekannt ist. Wir sind darauf zu seiner Wohnung gefahren, haben ihn angetroffen und auf seinem Esstisch lagen völlig offen rund zwanzigtausend US-Dollar. Da wir wissen, dass er bisher seine Einbrüche immer zusammen mit seinem Freund Archie Ramcik gemacht hat, haben wir den ebenfalls besucht. Und welch Wunder, auch bei ihm fanden wir zwanzigtausend US-Dollar,"

„Wo sind die beiden jetzt?"

„Ich habe sie in unsere Komfortzimmer in Präsidium bringen lassen."

„Na, da haben wir morgen einen stressigen Vormittag. Erst die Einvernahme von Paul Fritsch und dann der beiden Einbrecher. Aber vielleicht ist es so ganz gut, denn der Verdacht liegt nahe, dass sich die Herrschaften kennen. Auf jeden Fall gratuliere ich Dir, denn auf der einen Seite hast Du uns gewaltig geholfen und andererseits ist der Ogaschenko mit seinen Bullen aus dem Geschäft. Dann noch einen schönen Abend!"

Am Nächsten Morgen bin ich früh auf den Beinen, denn ich möchte vor den Vernehmungen noch mit dem Kollegen Max sprechen. Ich besuche ihn in seinem Arbeitszimmer:

„Guten Morgen Max! Hat Dein Besuch gestern Abend im Bankhaus noch etwas Verwertbares für uns ergeben?"

„Ich glaube ja. Die beiden Mitarbeiter, die für den Tresorraum und die Aktivitäten rund um die Schließfächer verantwortlich sind, haben mir berichtet, dass es zu den Schlüsseln für die Panzertüre Duplikate gibt, die in einem kleinen Wandsafe im Arbeitszimmer des Seniorchefs aufbewahrt werden."

„Der Senior wird die Schlüssel sicher nicht an die Einbrecher gegeben haben."

„Nein, das ist nicht anzunehmen. Wir müssen ermitteln, wer Zugang zu dem Büro hat und die Kombination des Safeschlosses kennt. Ich tippe, nach allem, was wir inzwischen wissen, auf den jüngeren der Söhne."

„Das werden wir jetzt gleich bei seiner Einvernahme versuchen heraus zu bekommen."

Zusammen mit Max gehe ich zum Vernehmungsraum. Auf dem Weg rufe ich meinen Freund Adler vom Einbruchsdezernat an und bitte ihn, zu der Befragung dazu zu kommen.

Max und ich betreten den Raum, der wie ein kleines Konferenzzimmer gestaltet ist. An dem ovalen Tisch haben auf einer Seite drei Herren Platz genommen; in der Mitte Paul Fritsch, der heute etwas unsportlicher in Anzug und Krawatte gekleidet ist.
Wir steuern auf die andere Seite des Tisches zu, gefolgt von dem eben eintreffenden Kollegen Adler. Ich schalte die auf dem Tisch verteilt angeordneten Mikrofone ein und eröffne:

„Datum von heute, Uhrzeit acht Uhr dreißig. Einvernahme von Herrn Paul Fritsch als Beschuldigtem in der Sache Einbruch in die Schließfächer im Tresorraum des Bankhauses Fritsch und Söhne in München am Promenadeplatz. Anwesend sind:
Die Kriminalhauptkommissare Peter Wille, Max Pfleger und Christof Adler, Herr Paul Fritsch und?"

Ich blicke zu den beiden Herren, die links und rechts von Herrn Fritsch Platz genommen haben.

„Ich bin Rechtsanwalt Doktor Eberhard Mühle und neben Herrn Fritsch sitzt mein Kollege Rechtsanwalt Bruno Frank."

„Ich begrüße Sie, Ihre Angaben werden in das Protokoll aufgenommen."

Der Rechtsanwalt Mühe erhebt sich und beginnt sehr förmlich:

„Herr Wille, unser Mandant, Herr Paul Fritsch, hat mich autorisiert, in seinem Namen die folgende Erklärung abzugeben und zwar bevor Sie mit seiner Befragung beginnen.
Herr Fritsch ist bereit, umfangreich und vollinhaltlich die Vorgänge zu schildern, die sich in seinem Umfeld abgespielt und am Ende zu dem Einbruch geführt haben, den Sie aufzuklären haben. Er möchte im Gegenzug dafür die Kronzeugenregelung des Paragraphen 46 des Strafgesetzbuches in Anspruch nehmen."

„Ich glaube, dass ich Ihnen als Rechtsanwalt nicht erklären muss, dass die Gewährung einer Strafmilderung oder Strafaussetzung innerhalb der Kronzeugenregelung nicht in meiner Macht steht. Dies kann nur der Richter im Hauptverfahren entscheiden."

„Das ist mir selbstverständlich geläufig. Trotzdem sollte im Protokoll über die heutige Einvernahme die Bereitschaft zur Aussage und die Hoffnung auf die Gewährung der Kronzeugenregelung seitens unseres Mandanten enthalten sein."

„Das ist durch die laufende Tonaufnahme gewährleistet. Können wir mit der Befragung beginnen oder will Ihr Mandant von sich aus erzählen, was im Einzelnen geschehen ist?"

„Ich glaube, dass es opportun ist, wenn Herr Fritsch von sich aus zu erzählen beginnt. Sie können jederzeit mit Fragen unterbrechen."

„Dann machen wir es so! Bitte, Herr Fritsch, beginnen Sie."

Fritsch Junior ist heute ein ganz anderer Mensch. Die sonst zur Schau getragene sportliche Lässigkeit ist gewichen. Er macht einen zerknitterten Eindruck, der noch durch seine stockende Redeweise unterstrichen wird.

„Vor etwa einem Jahr habe ich auf einer Party Herrn Ogaschenko kennengelernt. Danach hat er mich kontaktiert und einige Geschäfte vorgeschlagen. Der jahrzehntelangen Tradition unseres Hauses folgend, habe ich größere Transaktionen abgelehnt und nur kleinere Geschäfte für Herrn Ogaschenko getätigt.

Vor etwa einem halben Jahr erhielt ich dann eine Einladung zur Einweihung der Wohnung, die sich Herr Ogaschenko im Wohnviertel „Schwabinger Höfe" gekauft hatte. Der Kreis der Feiernden bestand aus Kollegen von Herrn Ogaschenko sowie einer Reihe von Frauen, die offensichtlich Mitarbeiterinnen eines Begleitservices waren. Nur eine Dame fiel auf und ich erfuhr, dass es sich um eine Abteilungsleiterin der Bayerischen Landeszentralbank handelte. Sie fiel deshalb auf, weil sie wesentlich dezenter gekleidet und geschminkt war, als die anderen Frauen.

Im Verlauf des Abends wurde viel getrunken. Auch ich beteiligte mich daran, was dazu führte, dass ich ab einem bestimmten Zeitpunkt keine Erinnerungen mehr habe. Erst am nächsten Spätvormittag wachte ich zuhause auf, ohne mich erinnern zu können, auf welchem Weg ich nach Hause gekommen war.

Zwei Tage später rief mich Herr Ogaschenko zu sich und erneuerte seinen Vorschlag, über unser Haus größere Transaktionen zu tätigen. Ich lehnte wiederum ab. Daraufhin schaltete Herr Ogaschenko den ihm gegenüberstehenden Fernseher ein. Das erscheinende Bild war für mich schrecklich. Es zeigte, wie ich auf dem Esstisch in der Wohnung von Herrn Ogaschenko die Dame von der Landeszentralbank vergewaltige. Ich nehme an, dass in den am Einweihungsabend gereichten Getränken Drogen enthalten waren, die mich völlig enthemmten.

Herr Ogaschenko fragte mit einem diabolischen Grinsen im Gesicht:

„Sollen wir diese Show Ihrem Herrn Papa vorspielen oder sollen wir sie gleich ins Netz stellen?"

„Um Gottes Willen nicht!"

„Dann sollten wir unsere Geschäfte endlich in die richtige Größenordnung bringen."

„Das geht nicht! Wir müssen doch über jeden größeren Geldbetrag eine Meldung an die Landeszentralbank und die Bundesbank machen."

„Das lassen Sie mal meine Sorge sein. Wir machen die Geschäfte ohne die Meldungen."

So begannen die Transaktionen, die dann den Streit in die familiäre Führung unseres Hauses brachten. Ich konnte meinem Vater und meinem Bruder doch nicht sagen, warum ich plötzlich illegal handelte."

„Um dieses Problem zu lösen, haben Sie dann Ihren Vater umgebracht oder umbringen lassen?"

„Nein, mit dem Tod meines Vaters habe ich nichts zu tun!"

„Das werden wir noch aufklären. Fahren Sie bitte mit Ihrem Bericht fort. Wie ging es dann weiter?"

„Vor vierzehn Tagen rief mich Frau Doktor Gehr an und bat um ein Treffen. Da ich in der Zwischenzeit erfahren hatte, dass sie die Stelle der Landeszentralbank leitet, an welche wir die größeren Transaktionen von Herrn Ogaschenko und seinen Kollegen hätten melden müssen, wurde ich neugierig.
Als Ort der Zusammenkunft schlug sie den Beichtstuhl in der Ursulakirche in Schwabing vor und zwar am Abend des gleichen Tages.

Ich fuhr nach Schwabing, fand direkt am Rondell vor der Kirche einen Parkplatz und ging dann die Stufen zum Eingang des sogenannten Schwabinger Domes hoch. Rechts unter dem Portikus betrat ich den Raum der dreischiffigen Basilika. Wie von Frau Gehr beschrieben, ging ich an der rechten Säulenreihe entlang bis zum Querschiff. Dort ist rechts ein Nebeneingang, vor dem der Beichtstuhl steht. Wie vereinbart betrat ich den Beichtstuhl und kniete mich in die Bank des Beichtenden. Aus dem Inneren des Beichtstuhls wehte mir ein leichter Duft eines unaufdringlichen Parfüms entgegen. Sehen konnte ich nichts, da der Vorhang vor dem Gitterfenster zugezogen war.

Ihre Stimme war tief und ein wenig rau:

„Guten Abend Herr Fritsch! Oder soll ich gleich Paul sagen, da wir uns ja sehr nahegekommen sind."

„Es ist mir mehr als peinlich. Aber Ogaschenko oder seine Helfer haben sicher die Getränke manipuliert, um uns damit in die entsetzliche Situation zu bringen."

„Das ist richtig und ich mache Dir wirklich keine Vorwürfe. Du hast das Video nicht gedreht und mir auch nicht mit der Veröffentlichung gedroht. Mein Ziel ist einzig und allein, mich dafür an Ogaschenko zu rächen. Und wo kann man den Zwerg am meisten verletzen? An seinem Geld!"

Das stimmt! Hast Du eine Idee, wie man das bewerkstelligen könnte."

„Der Zwerg hat mir gegenüber zugegeben, dass er bei Euch in zwei Schließfächern zusammen fünfzig Millionen US-Dollar gebunkert hat. An die möchte ich ran!"

„Das ist nicht möglich! Erst einmal ist die Panzertüre am Eingang zum Tresor zeitgesichert. Das bedeutet, dass man die Tür nur zu vorgegebenen Zeiten öffnen kann. Dann braucht man zwei Schlüssel, die zwei verschiedene Mitarbeiter verwahren. Und zu den Schließfächern braucht man jeweils einen Schlüssel, den der Kunde hat und einen zweiten, den die Bank verwahrt. Überdies braucht man noch einen persönlichen Code, um überhaupt in den Tresorraum zu kommen."

„All das ist mir bekannt! Das Zeitschloss könntest Du manipulieren, für die Türschlösser gibt es bestimmt Zweitschlüssel und den persönlichen Code erhalte ich, wenn ich ein Nebenfach miete."

„Und wer soll dann die Schließfächer öffnen?"

„Dafür kenne ich zwei Spezialisten, die gegen eine Beteiligung diese Aufgabe gerne übernehmen werden."

„Wer soll das sein?"

„Das bleibt mein Geheimnis. Je weniger jeder Beteiligte weiß, umso geringer ist die Gefahr der Entdeckung."

Wir diskutierten alle Details und am Ende stand ein fertiger Plan. Meine Aufgabe war die Manipulation der Zeitschaltuhr der Panzertüre und die Beschaffung der Zweitschlüssel.

Nach einer kurzen Verabschiedung wehte wieder ein Hauch des Parfüms an mir vorüber und dann hörte ich, wie die Seitentüre neben dem Beichtstuhl ins Schloss fiel.
Ich verließ den Beichtstuhl ebenfalls und ging an den Säulen entlang zum Hauptausgang der Kirche.

Schon am nächsten Tag ging ich in das Büro meines Vaters. Seit einiger Zeit kam er immer seltener zur Arbeit. Ich führte das auf sein zunehmendes Alter zurück. So war ich jedenfalls ungestört und konnte in Ruhe den Wandtresor öffnen. Die dafür notwendige Zahlenkombination war sowohl meinem Bruder als auch mir von Vater mitgeteilt worden. Ich entnahm die beiden Schlüssel für die Panzertüre. Diese brachte ich am Abend zur Ursulakirche, in der Frau Gehr wieder im Beichtstuhl auf mich wartete. Sie übernahm die Schlüssel.
Am Abend habe ich, wie Sie in dem Überwachungsvideo gesehen haben, die Zeituhr der Panzertür manipuliert."

„Ihre Darstellung ist meinem Gefühl nach ausreichend, um Sie noch heute dem Haftrichter vorzustellen. Er wird darüber zu entscheiden haben, ob Untersuchungshaft angeordnet wird."

Rechtsanwalt Doktor Mühle ergreift das Wort:

„Mein Kollege und ich werden bei diesem Termin auf Haftverschonung plädieren. Herr Fritsch hat durch seine freimütige und umfassende Darstellung der Vorgänge, soweit sie ihn betreffen, sicher enorm zur Aufklärung des Einbruches in die Schließfächer beim Bankhaus Fritsch und Sühne beigetragen. Auch liegt unserer Meinung nach, keine Verdunkelungs- oder Fluchtgefahr vor."

„Das verstehe ich. Max würdest Du bitte bei Gericht einen Termin beantragen. Sobald ich ihn kenne, werde ich Sie, Doktor Mühle und Ihren Kollegen verständigen lassen."

Ich beende die Vernehmung. Herr Fritsch wird von zwei Justizbeamten aus dem Raum geführt und seine Anwälte verabschieden sich.

„Leute, das war richtig gut! Wir machen jetzt eine halbe Stunde Pause. Dann werden wir uns die beiden Einbrecher vornehmen."

„Entschuldige, aber da ist etwas total untergegangen. Ich habe immer noch den Verdacht, dass der junge Fritsch etwas mit dem Tod seines Vaters zu tun hat."

„Ich habe mit Absicht dieses Thema heute nicht erwähnt. Lass uns erst einmal noch intensiver bei dem Rest der Familie nachbohren."

Ich gehe die wenigen Schritte von dem Vernehmungszimmer zu meinem Büro. An meinem Telefon blinkt ein rotes Licht: eine Sprachnachricht.

„Hier spricht Weinrauch! Herr Wille, ich möchte Ihnen von meinem Besuch in der Villa der Familie Fritsch in Allmannshausen berichten. Ich bin im Moment im Büro vom Kollegen Pfleger zu erreichen."

Ich rufe bei Max an und bitte Herrn Weinrauch zu mir zu kommen.

„Sie waren in Allmannshausen?"

„Ja, ich war schnell bei meiner alten Dienststelle in Starnberg um einige persönliche Dinge zu holen und da dachte ich, es wäre vielleicht nützlich, in Allmannshausen vorbei zu schauen. Und ich glaube, einen Ansatzpunkt gefunden zu haben."

„Na, dann berichten Sie mal!"

„Ich bin so nach Allmannshausen gefahren, dass ich gegen dreizehn Uhr dreißig bei der Villa der Familie Fritsch eingetroffen bin. Ich wollte sicher gehen, dass Frau Fritsch Senior sich zum Mittagsschlaf zurückgezogen hatte und ich die Haushälterin allein sprechen konnte. Das Personal ist oft eine ergiebige Quelle für Informationen über ihre Herrschaft.

Ich traf Frau Meier im Garten an. Sie war dabei, die in den Beeten allgegenwärtigen Rosen zu schneiden. Ich fragte sie, ob ich ihr helfen könnte und sie war erfreut, dass ich ihr zur Hand gehen wollte. So kamen wir in ein Gespräch.

Sie erzählte von ihrer Heimat in der Schweiz. Aufgewachsen war sie auf einem Bauernhof in der Gegend von Thun, wo sie dann auch zur Schule ging. Nach einem Abschluss, der unserem Hauptschulabschluss entspricht, fand sie eine Stelle bei einer Familie in Genf. Das Familienoberhaupt war ein Bankier, der in Geschäftsverbindung mit dem Bankhaus Fritsch und Söhne in München stand. Vor etwa fünfzehn Jahren starben nach langer, schlimmer Krankheit sowohl der Bankier wie auch seine Frau. Da die Familie Fritsch um diese Zeit eine Haushälterin suchte, bewarb sie sich und bekam die Stelle.

Sie erwähnte spontan, dass es zu dieser Zeit Gerüchte gab, dass das Schweizer Ehepaar ihrem Leben selbst ein Ende gesetzt hätten, da sie zu sehr unter ihrer Krankheit leiden mussten.

Ich habe bewusst das Thema nicht weiter vertieft, bin aber bei der Rückfahrt noch einmal bei meiner alten Dienststelle vorbeigefahren und habe die Kollegen gebeten, zu überprüfen, ob bei der Familie Fritsch in der letzten Zeit bisher unbekannte Personen aufgetaucht sind. Besonderes Augenmerk sollten sie dabei auf Fahrzeuge mit Schweizer Kennzeichen legen. Ich hoffe, Sie sind damit einverstanden."

"Und wie! Wir ermitteln nach allen Seiten und neue Wege können immer mal zu einem überraschenden Ergebnis führen. Gut gemacht! Übrigens, was ist Ihr Vorname?"

„Bitte nicht lachen, aber ich wurde von meinen Eltern Gaston getauft. Meine Freunde nennen mich Tony."

„Ich werde mich daran halten und die Kollegen sicher auch. Wir duzen uns in meiner Abteilung und Du jetzt auch."

„Das ist für mich wie ein Ritterschlag!"

Mein neuer Mitarbeiter und ich gehen zum Vernehmungsraum. Davor warten schon Max und Herr Adler. Ich stelle Tony vor und verkünde seine Aufnahme in unserem Kreis. Dann betreten wir den Verhörraum.

An dem ovalen Tisch in der Mitte des Raums sitzen zwei Gestalten, die unterschiedlicher nicht sein können.

Manfred Geiger ist von zierlicher Statur, mit leicht rötlichem Haar, das zu einer eleganten Frisur geformt ist. Er steckt in einem dunkelblauen Anzug, nur die Krawatte fehlt. Sie wurde ihm wegen der Sicherheitsbestimmungen abgenommen.

Archie Ramcik dagegen ist ein Riese mit wirrem grauen Haar und einem von grauen Strähnen durchzogenen, ungepflegten Vollbart. Bekleidet ist er mit Jeans und einem sackartigen Pullover.

„Grüß Gott meine Herren! Auf eine Vorstellung kann ich verzichten, wir kennen uns ja leider recht gut. Heute vernehmen wir Sie als Beschuldigte im Falle des Einbruchs in das Bankhaus Fritsch und Söhne beziehungsweise in zwei der dortigen Schließfächer. Um Ihre und unsere Zeit abzukürzen, zeige ich Ihnen die Aufnahmen der Überwachungskamera von diesem Bruch."

Max schaltet die Vorführanlage ein und wir sehen die Bilder, die uns schon bekannt sind. Herr Geiger meldet sich zu Wort:

„Diese Bilder beweisen doch überhaupt nichts. Die Männer sind maskiert und tragen Handschuhe. Das kann doch jeder gewesen sein!"

„Das haben wir auch nicht behauptet. Wir wollen nur die Tatsache beweisen, dass ein Einbruch vorliegt. Es geht gleich weiter."

„Na, da bin ich aber gespannt!"

„Bei Ihrer Festnahme wurden bei jedem von Ihnen zwanzigtausend US-Dollar gefunden, die aus diesem Einbruch stammen."

„Wie wollen Sie das beweisen?"

„Unsere Kriminaltechnik hat festgestellt, dass sich auf den Scheinen unter anderem Fingerabdrücke des Eigentümers des Geldes und Mieters der Schließfächer befinden. Das ist uns Beweis genug. Wollen Sie nicht auspacken und uns die ganze Story erzählen?"

Herr Ramcik meldet sich mit einem Brummen zu Wort:

„Erzähl, das Lügen hat ja sowieso keinen Sinn!"

„Wenn Du meinst! Aber wo soll ich anfangen?"

„Am Anfang, wo sonst!"

„Vor einer Woche rief mich eine Frau an und fragte, ob Archie und ich etwas Geld verdienen möchten. Auf meine Frage, wie sie auf uns kommt, nannte sie den Namen eines Bekannten aus der Branche. Als ich wissen wollte, um was es geht, wollte sie am Telefon nichts sagen und wir vereinbarten uns für den Abend im Beichtstuhl der Ursulakirche in Schwabing.

Archie und ich sind am Abend vor dem Einbruch mit der U-Bahn nach Schwabing gefahren und zur Ursulakirche gegangen. Durch den Haupteingang betraten wir die Kirche. Sie war leer und wir gingen, wie mir von der Frau am Telefon beschrieben worden war, an der rechten Säulenreihe entlang zum Querschiff. Ich kniete mich in den dort stehenden Beichtstuhl. Archie hatte keinen Platz mehr. Durch ein Rascheln bemerkte ich, dass auf der Priesterseite jemand saß.“

„Guten Abend Herr Geiger!“

„Hallo, mit wem habe ich es zu tun?“

Sie nannte keinen Namen und kam sofort zur Sache, Wir sollten die Schließfächer bei der Bank Fritsch und Söhne aufbrechen und den Inhalt mitnehmen. Auf meinen Hinweis auf die Zeitschaltuhr und die benötigten Schlüssel für die Panzertüre reagierte sie mit dem Hinweis, wir sollten uns keine Sorgen machen. Sie hätte dafür gesorgt, dass die Zeitschaltuhr die Türe freigäbe und dann übergab sie mir die zwei Schlüssel für die Tresortüre.

Auf ihre Frage hin erklärte ich ihr, wie wir mit einem Schweißbrenner und einem Wagenheber die Türen der Schließfächer aufbrechen würde.

Wir vereinbarten einen Zeitplan und dass wir die Beute in die Ursulakirche in den Beichtstuhl bringen sollten.

Dann feilschten wir um unsere Bezahlung. Sie bot zehntausend US-Dollar für jeden von uns und ich handelte sie hoch auf zwanzigtausend. Die sollten wir gleich aus der Beute nehmen.

Sie sagte dann noch, dass wir weitere fünf Minuten in oder beim Beichtstuhl bleiben sollen und dann hörte ich sie gehen. Sie benutzte den Seiteneingang direkt neben dem Beichtstuhl. In der folgenden Nacht haben wir dann den Bruch gemacht, genauso, wie wir es mit der Frau ausgemacht hatten."

„Ist Ihnen an der unsichtbaren Frau irgendetwas aufgefallen?"

„Sie hat ein sehr gut riechendes Parfüm benutzt und mit einer recht tiefen Stimme gesprochen."

„Würden Sie beides wiedererkennen?"

„Ich glaube ja, Du Archie, was meinst Du?"

„Bestimmt kenn ich das wieder!"

„Gut! Wir werden Sie später dem Haftrichter vorführen. Bis das soweit ist, lasse ich Sie in ihre Zellen zurückbringen."

Wir beenden die Einvernahme und gehen zurück in mein Büro.

Kaum dort angekommen läutet das Telefon von Tony. Er geht zum Sprechen aus dem Raum auf den Gang hinaus. Nach wenigen Minuten kommt er zurück:

„Das war mein Kollege aus Starnberg. Seine Erkundigungen haben einen Treffer ergeben. Es ist wirklich in den letzten Wochen mehrfach ein Fahrzeug mit einem Schweizer Kennzeichen in Starnberg und in Berg gesehen worden. Er hat von einem Zeugen das Kennzeichen erhalten; es stammt aus dem Kanton Sankt Gallen. Ich habe den Kollegen gebeten, die dortige Polizei anzurufen und nach dem Halter des Fahrzeuges zu fragen. Ist das in Ordnung?"

„Tony, das ist gute Polizeiarbeit! Meldet sich der Kollege bei Dir, wenn er eine Auskunft aus der Schweiz erhalten hat?"

„Ja!"

„Ich meine, wir sollten jetzt die Sonderkommission zusammenrufen und darüber beraten, wie wir weiter mit Herrn Ogaschenko und Frau Doktor Gehr umgehen. Max, würdest Du bitte das Treffen organisieren?"

„Klar, mach ich!"

„Aber bitte ohne Frau Gehr."

Max verlässt mein Büro, auch Tony. Ich selber versuche, die derzeitige Ermittlungslage schriftlich darzustellen.

Es klopft an meine Tür.

„Herein!"

Es ist Frau Doktor Müller-Kreuz, die Leiterin unserer Kriminaltechnik.

„Hallo Frau Doktor. Was verschafft mir die Ehre Ihres Besuches?"

„Ich habe eine Überraschung für Sie! Das Video, mit dem Frau Doktor Gehr und Herr Paul Fritsch von dem Ükrainer Ogaschenko erpresst worden sind, ist ein Fake!"

„Bitte, was soll das bedeuten?"

„Wir haben das Videoband mit unseren neuesten technischen Methoden untersucht und dabei festgestellt, dass die Körper der handelnden Personen mit einer von ihren Gesichtern abweichenden Zahl an Pixeln aufgenommen wurden. Das bedeutet, dass die Gesichter elektronisch in eine Aufnahme der Körper hineinkopiert wurden. Weder Frau Gehr noch Herr Fritsch waren an der Vergewaltigung beteiligt. Das waren andere Personen, deren Gesichter ausgetauscht wurden."

„Das bedeutet, dass die beiden, sowohl Frau Doktor Gehr wie auch Herr Paul Fritsch von Herrn Ogaschenko und dessen Helfershelfern hereingelegt worden sind."

„Richtig!"

„Das macht ihre Straftaten nicht weniger ungesetzlich, bringt Herrn Ogaschenko aber in ein sehr schlechtes Licht. Haben Sie Ihren Bericht bereits geschrieben?"

„Ja, ich habe ihn hier."

„Das ist sehr gut! Wir haben ein Treffen der Sonderkommission angesetzt. Dort werde ich Ihren Bericht präsentieren. Das gibt viele Pluspunkte für die Arbeit der Kriminaltechnik. Gratuliere!"

Frau Doktor Müller.Kreuz verlässt mein Büro und ich arbeite an meinem Bericht weiter.

Am nächsten Tag sind wir wieder in dem Konferenzzimmer neben dem Büro meines Chefs versammelt. Wir, das sind der Vertreter der Bundesanwaltschaft, die Vertreterin der Bundesbank, Herren vom Landes- und Bundeskriminalamt sowie meine Mitarbeiter.

Ich referiere den Stand unserer Ermittlungen und stelle am Ende die Frage in den Raum, ob wir zum gegenwärtigen Zeitpunkt Frau Gehr und Herrn Ogaschenko verhaften sollen. Alle Vertreter der Polizeiorganisationen sind für eine sofortige Verhaftung, die Vertreterin und die Vertreter der Banken und der Staatsanwaltschaft sind dagegen.
Deren Argumentation setzt sich am Ende durch. Sie wollen mehr Zeit haben, die Machenschaften der übrigen Oligarchen zu durchleuchten und sie nicht durch eine Inhaftnahme der beiden vorzeitig warnen.
Es wird beschlossen, sowohl Frau Doktor Gehr wie auch Herrn Ogaschenko intensiv zu überwachen und zwar rund um die Uhr. Diese Aufgabe wird Max und Tony übertragen.

Wir gehen auseinander mit der Zusage der Vertreter der Bundesanwaltschaft und den Banken uns sofort zu informieren, wenn es ihnen gelungen ist, die Aktionen der Oligarchen aufzuklären.

Beim Verlassen des Konferenzraumes hält mich Tony zurück:

„Ich habe eine interessante Information erhalten. Die Polizei in Sankt Gallen hat den Namen des Halters des Fahrzeuges mit Schweizer Kennzeichen durchgegeben. Es ist eine Firma „EUTHANASIA".

„Sagt uns das etwas?"

„Diese Firma bietet Unterstützung an bei Selbsttötungen. Das ist in der Schweiz legal, bei uns nicht."

„Hast Du nicht berichtet, dass es beim Tod der früheren Arbeitgeber der Haushälterin der Familie Fritsch Gerüchte über Sterbehilfe gab? Gibt es da einen Zusammenhang?"

„Ich wollte Dich fragen, ob Du einverstanden bist, wenn ich noch einmal nach Allmannshausen fahre und mit Frau Meier spreche?"

„Tu das, und zwar gleich! Ich wäre froh, wenn wir in diesem Fall bald eine Lösung hätten."

Tony verlässt mein Büro, dafür erscheint Max:

„Entschuldige Peter, wenn ich Dich schon wieder störe. In einer Stunde haben wir einen Termin beim Haftrichter und zwar zuerst mit Herrn Fritsch und danach mit den zwei Einbrechern."

„Das ist gut, denn so kommen wir voran. Würdest Du bitte die Anwälte von Herrn Fritsch verständigen?"

„Mache ich und wir treffen uns dann beim Haftrichter."

Die Verhandlungen beim Haftrichter bringen die erwarteten Ergebnisse. Herr Fritsch wird vorübergehend auf freien Fuß gesetzt. Der Richter bewertet das Geständnis als sehr positiv und sieht keine Flucht- oder Verdunkelungsgefahr. Anders entscheidet er bei den beiden Einbrechern. Die müssen wegen ihrer Wiederholungstaten und ihrem Verhalten in Untersuchungshaft.

Auf dem Weg vom Haftrichter zu meinem Büro treffe ich meinen Chef. Mit wenigen Worten berichte ich ihm in Kürze den derzeitigen Stand unserer Ermittlungen. Er geht nicht weiter darauf ein, sondern fragt:

"Ich nehme an, dass Sie keine Zeit hatten, über eine Neuorganisation der Mordkommission nachzudenken."

„Nein, dafür war im vorliegenden Fall zu viel zu tun. Das Einzige, was sich ergeben hat, ist die tadellose Arbeit von Herrn Weinrauch. Er ist uns eine große Hilfe."

„Ich habe meine Gedanken und Vorschläge zu Papier gebracht. Meine Sekretärin wird Ihnen eine Kopie auf Ihren Schreibtisch legen. Ich wäre Ihnen wirklich dankbar, wenn Sie diese lesen könnten und mir sagen, was Sie davon halten."

„Das werde ich sofort tun und mich bei Ihnen melden."

Mit diesem Versprechen verabschiede ich mich von meinem Chef und gehe zu meinem Büro. Dort angekommen setze ich mich an meinen Schreibtisch und versuche meinen Bericht weiter zu schreiben. Es bleibt vorerst beim Wollen, denn die Sekretärin meines Chefs erscheint und bringt mir die angekündigte Ausarbeitung. Ich bin neugierig, was sich mein Chef ausgedacht hat und beginne zu lesen. Je weiter ich im Text vorankomme, umso beeindruckter bin ich. Die Vorschläge haben Hand und Fuß, auch die für die einzelnen Aufgabengebiete vorgeschlagenen Mitarbeiterinnen und Mitarbeiter scheinen mir die Geeignetsten zu sein.

Kaum habe ich das Ende der Ausführungen meines Chefs erreicht, läutet mein Telefon:

„Hallo Peter, hier spricht Tony!"

„Grüß Dich, was gibt es?"

„In diesem Augenblick bin ich vor der Villa der Familie Fritsch in Allmannshausen. Ich habe, wie wir besprochen haben, versucht, noch einmal mit der Haushälterin zu sprechen. Es blieb beim Versuch, denn nach wenigen Minuten erschien Herr Wilhelm Fritsch. Er hörte einen Moment zu. Dann unterbrach er mich und verlangte, dass Du morgen früh hinaus an den Starnberger See kommst. Soweit ich seine Andeutungen verstanden habe, möchte er Dir und nur Dir etwas erklären. Kann ich Deinen Besuch zusagen?"

„Ja, auf jeden Fall! Bitte frage ihn noch, um welche Uhrzeit mein Besuch erwünscht wird."

„Mach ich und dann komme ich nach München zurück. Ich muss die nächste Schicht in der Überwachung von Herrn Ogaschenko übernehmen."

„Bis bald und fahre vorsichtig."

Für heute ist es genug und ich beschließe, Feierabend zu machen und auf ein Bier ins Donisl zu gehen.

Am nächsten Tag sitze ich recht früh mit Tony im Auto auf der Fahrt nach Allmannshausen. Herr Fritsch scheint ein Frühaufsteher zu sein, denn er möchte mich schon um acht Uhr sprechen. Das hat den Vorteil, dass die Straßen stadtauswärts noch recht leer sind. Bei der Anfahrt auf Starnberg geht es leicht bergab und wir tauchen in den Morgennebel, der vom See aufsteigt. Die aufgehende Sonne kann ihn noch nicht vertreiben. Die Villa der Familie Fritsch schwimmt darin wie ein kleines Märchenschloss.

Die Haushälterin empfängt uns vor der Eingangstüre und bringt uns in das uns bereits bekannte Esszimmer im Erdgeschoss. Dort treffen wir auf die alte Dame und ihren älteren Sohn Wilhelm. Neben ihnen sitzen zwei ältere Herren mit am Tisch. Alle vier Personen sind formell gekleidet, in Anzügen mit Krawatten beziehungsweise in einem schwarzen Kleid.

Herr Fritsch begrüßt uns:

„Guten Morgen die Herren! Ich hoffe, Ihnen ist es nicht zu früh am Tag um hierher nach Allmannshausen zu fahren."

„Nein, nein! Wir sind es gewohnt zu allen Zeiten des Tages zu arbeiten."

„Gut, Herr Wille und Herr Weinrauch, ich möchte Ihnen die beiden hier anwesenden Herren vorstellen. Das ist Doktor Peier. Er ist langjähriger Berater unserer Bank in allen juristischen Fragen. Und dies ist Doktor Vieler, unser Hausarzt. Ich habe die Herren gebeten, am heutigen Gespräch teilzunehmen, da ich glaube, dass wir sowohl medizinischen wie auch juristischen Beistand brauchen werden."

„Guten Morgen die Herren! Ihre Anwesenheit deutet darauf hin, dass die Mitteilung, die Sie, Herr Fritsch, für uns haben, von großer Tragweite sein wird."

„Ja und ich möchte mich vorab dafür entschuldigen, dass wir Ihnen die folgenden Informationen nicht früher gegeben haben. Wir wollten zu keiner Zeit Ihre Ermittlungen behindern."

„Das werden wir erst bewerten können, wenn wir Sie gehört haben. Bitte beginnen Sie!"

„Vor etwa zwei Jahren begann mein Vater über andauernde Kopfschmerzen zu klagen. Herr Doktor Vieler versuchte sie mit gängigen Medikamenten zu bekämpfen. Doch deren Wirkung wurde immer schwächer und die Schmerzen immer stärker. Mein Vater ließ sich nach außen nichts anmerken, auch nicht gegenüber der Familie. Nur meine Mutter und ich wussten von den gesundheitlichen Problemen meines Vaters. Als die Situation für ihn unerträglich wurde, schickte Doktor Vieler meinen Vater zum MRT.

Das Resultat dieser Untersuchung war niederschmetternd! Mein Vater hatte einen inoperablen Gehirntumor. Das war das Todesurteil! Um meinem Vater wenigstens die schlimmsten Schmerzen zu ersparen, verschrieb Doktor Vieler Opiate. Aber auch deren Wirkung war begrenzt. Vater wollte und konnte nicht mehr so weiterleben. Immer öfter sprach er vom Tod. Deshalb haben Mutter und ich Herrn Doktor Vieler gebeten, ihm zu helfen."

Herr Doktor Vieler unterbricht Herrn Fritsch:

„Ich konnte ihm nicht helfen. Trotz der langjährigen Verbindung, ja Freundschaft mit Herrn Fritsch Senior und seiner Familie konnte ich mich nicht über die gesetzlichen Bestimmungen zur Sterbehilfe hinwegsetzen. Ich weiß, dass es eine Reihe von Kollegen gibt, die eine andere Meinung vertreten. Aber auch aus religiösen und ethischen Gründen bin ich nicht bereit, aktive Sterbehilfe zu leisten."

Es ist zu spüren, dass dieser Konflikt dem alten Hausarzt große psychische Probleme bereitet hat. Er wirkt überaus bedrückt.
Doch Herr Fritsch fährt fort:

„In dieser so ausweglosen Situation habe ich mich an die früheren Arbeitgeber unserer Haushälterin erinnert. Es war mir bekannt, dass das Thema Sterbehilfe in der Schweiz pragmatischer behandelt wird als in Deutschland.

So suchte ich das Gespräch mit Frau Meier und spürte bald, dass sie mehr über die beiden Todesfälle in der Familie in der Schweiz wusste. Deshalb sprach ich sie direkt darauf an und sie gab zu, dass sie damals bei der Suche nach Sterbehelfern beteiligt war. Nachdem ich sie über die fortgeschrittene Krankheit meines Vaters aufgeklärt hatte, fragte ich sie, ob sie zu diesen Leuten von der Sterbehilfe einen Kontakt herstellen könnte. Sie bejahte und ich bat sie, dies für uns zu tun. Kurz danach besuchte uns ein Mitarbeiter der Firma EUTHANASIA. Sie haben sein Fahrzeug entdeckt, was sie auf die richtige Spur brachte."

Ein Blick auf die alte Dame offenbart die ganze Problematik, vor der die Familie Fritsch stand. Auf der einen Seite stand das unermessliche Leiden des Seniors, dem sie gerne ein Ende gemacht hätten und auf der anderen Seite das Gewicht eines langen Lebens, das man zusammen verbracht hatte.

Tränen standen in den Augen der Seniorin, als sie sich mit zittriger Stimme meldet:

„Mein Franz. Er wollte so gerne an seinem Lieblingsplatz sterben!"

Wilhelm Fritsch:

„Ich will den Bericht abkürzen! Wir, das sind mein Vater, meine Mutter und ich, beschlossen die Dienste von EUTHANASIA in Anspruch zu nehmen.

Ein Mitarbeiter der Firma versteckte sich in der Hecke im Hofgarten hinter der Lieblingsbank meines Vaters. Als der dort wie so oft Platz nahm, kam der Mitarbeiter aus der Deckung und verabreichte die Spritze mit dem Todescocktail in den Hals meines Vaters. Sie haben meinen Vater dann dort vorgefunden.

Der Mitarbeiter von EUTHANASIA hat dann sofort München und Deutschland verlassen."

„Erst einmal möchte ich Ihnen danken, dass Sie sich dazu durchgerungen haben, uns die Wahrheit zu sagen, so schmerzlich sie für Ihre ganze Familie ist. Da Ihr Rechtsberater anwesend ist, möchte ich sagen, dass ich hier und heute keine Wertung des Gesamtvorganges abgebe. Dies ist Sache eines Richters. Ich persönlich habe großes Verständnis für Ihre Handlungsweise. Deshalb will ich Sie auch nicht mit weiteren Fragen quälen.

Mein Mitarbeiter hat während Ihres Berichtes mitgeschrieben. Er wird aus seinen Notizen ein Protokoll anfertigen und Ihnen zur Unterschrift vorlegen. Wir geben es dann an die Staatsanwaltschaft weiter, die über eine mögliche Klageerhebung entscheiden wird."

Bedrückt verabschieden wir uns von der Familie Fritsch, Ihrem Rechtsberater und dem Hausarzt und starten zur Rückfahrt nach München.

Die ersten Kilometer vergehen in Schweigen. Dann spricht Tony:

„Jedes kranke Tier darf man, wenn nötig, von seinem Leiden erlösen. Wenn ich von so einer Situation wie bei der Familie Fritsch höre, wünsche ich mir, in der Schweiz zu leben. Glaubst Du, dass es für die Familie strafrechtliche Folgen haben wird?"

„Ich hoffe nicht! Aber das hängt von der Staatsanwaltschaft und dann eventuell von einem Richter ab. Nach den Buchstaben des Gesetzes haben sie sich strafbar gemacht, doch Du kennst ja den Spruch: „Auf hoher See und vor Gericht bist Du in Gottes Hand!"

Als wir auf die Garmischer Autobahn einbiegen, meldet sich mein Telefon:

„Wille hier!"

„Hier ist Max mit schlechten Nachrichten!"

„Was ist los?"

„Wir haben den Herrn Ogaschenko und Frau Doktor Gehr aus der Überwachung verloren!"

„Wie ist das passiert?"

„Ich habe heute früh um sechs Uhr die Überwachung der Wohnung von Ogaschenko in Schwabing übernommen. Um sieben Uhr ist einer der bulligen Leibwächter mit einem dicken Mercedes vor dem Haus vorgefahren und hat begonnen einige Koffer einzuladen. Eine halbe Stunde später kam Herr Ogaschenko aus dem Haus und stieg in den Wagen ein.
Der fuhr los und zwar Richtung Innenstadt; Leopoldstraße, Ludwigstraße bis zum Odeonsplatz. Die ganze Zeit fuhr ich im Abstand von etwa zweihundert Metern dahinter her. Am Odeonsplatz direkt vor dem Tambosi stand zu meiner Überraschung Frau Doktor Gehr mit zwei großen Einkaufstüten von IKEA am Straßenrand. Der Wagen hielt, Frau Gehr warf die Taschen auf den Rücksitz und schlüpfte daneben. Der Wagen startete und fuhr stadtauswärts; Ludwigstraße und dann Leopoldstraße.

Dort beschleunigte er, ich hatte Mühe nachzukommen. Auf der Höhe der Hohenzollernstraße bog er rasant nach rechts zum Nikolaiplatz ab. Bis ich dort hinkam, war er verschwunden. Nach circa zehn Minuten habe ich ihn dann am Wedekindplatz wiedergefunden; leer, ohne Insassen und Gepäck.

Ich habe die Verkehrsleitzentrale gebeten, alle umliegenden Verkehrsüberwachungskameras zu überprüfen. Ebenso habe ich die Überwachung aller Ausfallstraßen angeordnet. Bisher ohne Erfolg!"

„Was glaubst Du, was geschehen ist und was die beiden vorhaben?"

„Ich nehme an, dass am Wedekindplatz ein weiteres Fahrzeug gewartet hat und die beiden versuchen Deutschland zu verlassen."

„Das glaube ich auch! Lass doch sofort alle Konten von Herrn Ogaschenko und Frau Gehr sperren. Und vergiss mir bitte den Flughafen nicht!"

„Kannst Du nach Schwabing fahren und in der Wohnung von Ogaschenko nachsehen, ob Du einen Hinweis findest, wo die beiden hinwollen?"

„Das mach ich und Du alarmierst alle Polizeikräfte am Flughafen."

„In Ordnung! Bis später!

Auf der Weiterfahrt diskutiere ich mit Tony die Frage, wie wir in die Wohnung von Ogaschenko hineinkommen. Das Ergebnis ist ein Anruf in unserer Zentrale mit der Bitte, den Hausmeister der Wohnanlage, in der sich die Wohnung von Ogaschenko befindet, ausfindig zu machen. Wir hoffen, dass er über einen Generalschlüssel verfügt und uns so in die Wohnung lassen kann. Um dem Ganzen einen offiziellen Charakter zu geben, bitten wir die Zentrale, uns einen Durchsuchungsbeschluss zu besorgen und mit einem Beamten nach Schwabing zu schicken.

Als wir dann nach einer halben Stunde an den Schwabinger Höfen vorfahren, treffen wir auf eine kleine Versammlung. Neben dem Beamten aus der Zentrale wartet ein Mann in einem Overall. Ich nehme an, dass es sich um den Hausmeister handelt. Nach der Begrüßung präsentiere ich den Durchsuchungsbeschluss, den mir der Beamte vorher übergeben hatte. Der Hausmeister nimmt ihn zur Kenntnis und fährt zusammen mit uns im Lift hinauf zur Wohnung von Herrn Ogaschenko. Dort öffnet er mit seinem Generalschlüssel die Eingangstüre und will die Wohnung betreten. Ich hindere ihn daran.

„Bitte bleiben Sie beim Fahrstuhl. Ich möchte Ihre DNA nicht in der Wohnung haben."

So betreten Tony und ich die Eingangshalle der Wohnung. Unsere Rufe:

„Polizei! Ist jemand da?"

bleiben unbeantwortet. Wir gehen in das angrenzende Wohnzimmer. Es ist perfekt aufgeräumt, so, wie wenn die Bewohner für eine lange Zeit verreisen wollten.

Plötzlich ertönt hinter uns eine rauchige Stimme:

„Was wollen Sie hier? Hände hoch! Über den Kopf!"

Wir drehen uns um und blicken in das Mündungsloch einer Kalaschnikow, gehalten von einem der bulligen Zwillinge.

„Machen Sie sich nicht unglücklich. Wir sind in offiziellem Auftrag hier! In meiner rechten Jackentasche ist ein Durchsuchungsbefehl, ein amtliches Dokument."

„Das interessiert mich nicht! Ich habe Anweisung von meinem Chef, jeden Eindringling in die Wohnung festzusetzen. Legen Sie vorsichtig Ihre Waffen auf den Couchtisch, auch Ihre Telefone. So, jetzt gehen Sie einige Schritte zurück."

Der Bulle nimmt unsere Pistolen und Telefone an sich. Dann zieht er aus seiner Jacke ein weiteres Telefon, wählt und spricht in einer osteuropäischen Sprache.

„So, der Chef weiß Bescheid. Er meldet sich mit weiteren Anweisungen, wenn er aus Deutschland raus ist."

„Sie wissen schon, dass Sie sich strafbar machen wegen Freiheitsberaubung, Behinderung der Polizeiarbeit und noch mehreren Delikten."

„Das ist mir egal! Ich führe die Anweisungen meines Chefs aus. Setzen Sie sich hin. Die Hände auf die Knie!"

Wir folgen seinen Anweisungen und setzen uns nebeneinander auf die voluminöse Coach. Bei jeder Bewegung von uns zuckt der Lauf der Kalaschnikow. Es ist eine gespenstige Situation.

Nach ungefähr einer halben Stunde läutet das Telefon des Leibwächters. Er spricht wieder in der osteuropäischen Sprache, die wir nicht verstehen können. Er beendet das Gespräch und sagt in unsere Richtung:

„Okay, der Chef ist in Sicherheit. Ich soll Sie heimschicken."

„Dann nehmen Sie mal die Waffe runter und geben uns unsere Sachen. Sie können gleich mitgehen, denn ich verhafte Sie erst einmal wegen Freiheitberaubung. Alles Weitere folgt im Präsidium."

Tony nimmt die Kalaschnikow und dann geleiten wir den Bullen zum Aufzug.

Der Weg zum Präsidium ist kurz, wirkt aber recht martialisch, wie wir mit dem bulligen Leibwächter zwischen uns und der Kriegswaffe in den Händen von Tony den Gang entlang gehen. Tony bringt den Verhafteten in ein Verhörzimmer und ich gehe weiter zu meinem Büro. Dort wartet eine Überraschung auf mich. Neben Max sitzt eine weinende Frau vor meinem Schreibtisch.

„Ja, wen haben wir denn hier?"

Max antwortet:

„Ein Häufchen Elend! Da ist so einiges anders gelaufen, als gedacht!"

„Erzähl!"

„Du erinnerst Dich, dass ich Dir berichtet habe, dass wir Ogaschenko und Frau Gehr aus der Überwachung verloren haben; auch dass ich die Verkehrsüberwachung aktiviert und die Kollegen am Flugplatz informiert habe. Die haben sich recht schnell gemeldet und berichtet, dass Herr Ogaschenko über den Eingang „General Aviation" das Flughafengebäude betreten hat. In seiner Begleitung war Frau Gehr. Ihr Fahrzeug war durch ein besonderes Tor auf das Flugfeld geleitet worden und der Fahrer hat das Gepäck in einen Privatjet geladen.

Kurz darauf hat Herr Ogaschenko allein das Flughafengebäude verlassen und ist an Bord des Privatjets gegangen. Da keine anderslautende Anweisung vorlag, ist dieses Flugzeug ungehindert gestartet. Wir waren zu spät!
Ich bin dann zum Flughafen hinausgefahren, denn ich wollte nachsehen, wo Frau Doktor Gehr geblieben ist. Sie saß weinend im Büro der Flughafenpolizei.

„Warum denn das? Was war passiert?"

„Das soll sie Dir selbst erzählen."

Ich wende mich Frau Gehr zu und merke schnell, dass sie nicht in der Lage ist, ein vernünftiges Wort heraus zu bringen. Deshalb bitte ich Max an ihrer Stelle zu berichten, was er über den Fortgang der Flucht von Ogaschenko und seiner Begleiterin weiß.

„Das ist rasch berichtet. Frau Gehr hat nach dem Einbruch in die Schließfächer Kontakt zu Herrn Ogaschenko aufgenommen. Sie drohte ihm, ihn bei der Bundesbank und der Bundesanwaltschaft wegen Geldwäsche anzuzeigen. Als Beweismittel wären die fünfzig Millionen US-Dollar aus den Fächern ausreichend gewesen. Ogaschenko wiederum bot ihr die Mitnahme auf seine Jacht im Mittelmeer und ein sorgenfreies Leben an seiner Seite an. Als Sicherheit sollte sie die gestohlenen Millionen behalten. Alles Weitere wurde dann so vereinbart, wie es dann abgelaufen ist. Mit einer entscheidenden Änderung.

Am Flughafen angekommen, behauptete Ogaschenko, er müsse in der Flugleitstelle den Flugplan für den Flug an das Mittelmeer besprechen und unterschreiben. Sie, die Frau Gehr, solle so lange warten.

Ogaschenko verschwand Richtung Leitstelle, benutzte aber einen Nebenausgang zum Vorfeld und kam so zu dem Privatjet, der augenblicklich startete. So war Ogaschenko weg und auch das Geld."

„Das liebe ich, wenn sich die Gangster gegenseitig reinlegen und uns die Arbeit abnehmen. Trotzdem müssen wir Frau Doktor Gehr hierbehalten und dem Haftrichter vorführen."

Max und Frau Gehr verlassen mein Büro. Wie so oft sitze ich dann an meinem Schreibtisch und versuche meinen Abschlussbericht zu schreiben, Für uns als Mordkommission ist der Fall abgeschlossen. Aus dem Mord an Herrn Fritsch Senior ist eine Hilfe zur Selbsttötung geworden und aus der Geldwäsche ein simpler Einbruch. Es bleibt den Gerichten, die großen und kleinen Taten zu beurteilen und die Täter zu bestrafen.

PETER RAUPACH

Im Kriegswinter 1940 wurde der Autor in Radebeul bei Dresden geboren. Seine Familie flüchtete dann am Ende des Krieges vor den vorrückenden Russen nach Franken und fand in Bamberg eine neue Heimat. Dort wuchs der Autor auf. Nach dem Abitur studierte er in München Elektrotechnik und Volkswirtschaftslehre. Seine berufliche Laufbahn begann als Direktor einer Bayerischen Bank und endete als weltweit tätiger Unternehmer.

Jetzt im Ruhestand füllt er seine ausreichend vorhandene Zeit mit dem Schreiben von Kriminalgeschichten, die immer wieder seine Verwurzelung in der Technik spüren lassen. Die darin handelnden Personen müssen ohne Schnörksel gestaltete Fälle lösen.

Die vorliegende Geschichte ist die Dritte einer Reihe von Kriminalromanen des Autors:

„STRAHLEN DER MACHT"   ISBN 978-3-7103-4634-7
„LICHTER AUS"   ISBN 978-3-7103-4706-1